U0932738

上海滩的贾斯汀·比伯

Justin Bieber of Shanghai

老王子——作品

四川文艺出版社

还有一些疾病，比疾病更坏，
那没有痛在灵魂深处的疼痛
比别的疼痛更加疼痛。
有些梦幻的苦闷比生活带给我们的苦闷
更加真实，有些感受
只在想象中才能触及，
比我们的生活更加属于我们。
有一种事物如此频繁地不存在，
又存在，迟疑地存在
迟疑地　属于我们，成为我们……
在大河混浊的碧绿上边
是鸥鸟们白色的长长的音调……
而在灵魂上方是无用的振翼——
从来不是，也不可能是，同时又真的是万事万物。
多拿些酒来，因为生命只是乌有。

——费尔南多·佩索阿《有些疾病》

目录

目录

目录

这里是上海，这里是无法回望的。

CHAPTER 1

虹口区的狡兔少女

赵林不跟毕可文（或者叫贾斯汀）联系很久了，也不想再提他的事。最早，赵林只是拿他的事当段子，和小姑娘吃饭时说说，希望引起小姑娘们对自己的兴趣。然而最终小姑娘们却都只想认识毕可文，这让赵林不是很高兴。

后来有天赵林和一个特别漂亮的姑娘聊天，说high了。姑娘走后，他突然萌发了把这些段子写下来的念头。赵林一直爱写点什么。过去写博客、写豆瓣，现在写微博、写朋友圈，虽然没有写出什么大名堂，但他自己挺得意。他靠着写点什么来装点自己并不美妙的生活。后来这个故事竟然发表了，发表在一个网络杂志上面。但反响很一般，除了不喜欢，甚至还有人骂他。读者们觉得这个故事没头没尾，三观不正，说他写着写着就开始瞎编。但其实这些都是事实。由于缺乏想象力，有些场景，连对话他都没改，自己读着都像原音重现。读者骂他，他又气又糊涂，大约不应该没有经过文学处理就发表？但文学处理到底应该是什么？是虚构或者掩饰？把A或B做的事情改改串串？就真是如此又有什么问题呢？需要为尊者讳吗？赵林从来没有把这些想清楚过。

杂志编辑七姐是赵林的伯乐，一直安慰他说，网友可能过于年轻了，你写得还不错，起码我喜欢。

年轻不是挺好？赵林今年三十五岁了，常常想讨年轻读者的喜欢而不得。他觉得自己大概已经过时，他很失望。不过这两年很多事都让他失望，他也习惯了。

他和七姐聊天，说我朋友里真有这么一人，还给她看了一眼毕可文的帅照。七姐劝他，你要么把这个人的故事多写一点出来？赵林嘴上答应着，但日子一天天过，他也没有当回事情。毕竟那个网络杂志的稿费也不高，赵林当时收入还不错，他并不着急。

赵林真正动心去认真写这些东西是在最近。现在他已经没什么好干的了，辞了工作，也没什么朋友，他好像开始意识到自己过去在生活中曾犯下无法弥补的错误，痛苦与悔恨每天都在吞噬他对生命的期望。这段时间他静下来在家里认真看了不少书，都是过去的旧书。他买了不少世界名著，但真看完的没有几本。悔恨推动着他，他一个字一个字地看《情人》《包法利夫人》《百年孤独》《青春》

《耻》《战争与和平》……最后他觉得自己最喜欢的是辛格的《卢布林的魔术师》。因为他在主角雅夏的经历中找到了自己的影子，他想象着像雅夏那样自我囚禁，但现代社会已经没有近代波兰的那种犹太教生活体制，他也想过隐居、出家或者信教，但又都不得其门而入，他热衷了一段时间自我惩罚的手段，但都觉得逼格不够，也无法彻底获得安慰。中国社会留给他这种自我放逐者的选择很少，他觉得自己活着耗水耗电，徒添麻烦，最后想要么还是等死算了。

但有了这个想法以后，赵林也并没有豁然开朗。近年来，大约由于病了老了，智力减退，脑里常常一团糨糊无法思考。他想死，也不想马上死，他能去哪儿？他到底应该怎么办？他智力着实不高，想一会儿，便会忘记之前想的。再加上痛苦，他的脑中已无任何坚实之物，念头总是刚刚聚合又瞬间崩塌，像夜空中的黑鸟。最后只剩下一个笨办法：像小时候求证明题那样，把想到的一些记述下来，写写，想想，凡事都把来处归置清楚，然后让这些落笔之物决定他何去何从。

赵林跟别人说毕可文的段子，都是说毕可文睡姑娘的事。他自己姑娘睡得少，但很爱说毕的八卦。这让他觉得自己很不好，但却又是事实。自打开窍起，赵林见了色情的东西就走不动路。他不知道自己是不是正常。他也观察别人，但并不能确定别人是不是和他完全一样。但他不傻，知道自己不能把欲望挂在嘴上，也不要让别人，尤其是女生觉得自己猥琐。因此，很小的时候他就学会了自我矫饰。走上社会，人们都说他看起来很正气，像翩翩君子。赵林自己挺得意。但这话的另一个意思是，他有一张不令人产生欲望的、不怎么好看而且平庸的脸。

在赵林和毕可文这代青年的成长阶段，社会风气保守，女性的欲望是含蓄而内敛的，它不像男性欲望那么有攻击性，所以他们并不明白它如何运转。色情片与文艺作品中对此的描述往往流于表面，也没有真正的指导意义。赵林在有性经历之初，也仍旧觉得不甚了解。究其原因，还是要归因于他过于平庸。

赵林对女性欲望的洞察力，在他彻底成熟后才渐渐养成。那时，他已经和叶小枚同居在一起，有了稳定的性生活。而在这之前，他常常要花费很多精力和金钱才能骗到一个比他小上三四岁的、更懵懂的女孩。她们对自己的欲望尚一无所知，彼此之间的互动往往就更糟得没边。

毕可文比他要幸运得多。他长得很秀气，骨骼不大，手脚修长，虽然不是很强壮，却有着匀称的比例。更重要的是，他的五官很精致，细长的单眼皮，有一点像日本影星浅野忠信，表情慵懒随意，挂着一丝略带讥嘲的微笑。他很白，脸上还有淡淡的雀斑，这没有给他减分，反而陡添几丝洋气。他有一看就是个聪明孩子的生动面貌。有些男生会觉得他欠揍，但多数时候他都讨女生喜欢。在刚进青春期的时候，毕可文就意识到了自己的优势。女生们把他评为班草，没谁看到他不脸红的。跟他传绯闻的姑娘，会变成校园明星。他早就可以睥睨同龄的姑娘了。才上初二，他已经能轻而易举地获取高二、高三学姐们的青睐。其实不止高年级的男生会到低年级“选拔”漂亮学妹，高年级的女生也会这么做，但不普遍，且前提是，这个男生真的非常特别。比如毕可文，他一年一个样子地成长着，而且没有长歪，在十七岁生日当天，当时的女朋友，一个高四复读班的女生把自己当作礼物送给了他。

毕可文和赵林这样的人，本不会成为朋友，毕竟他们在食物链中所处的位置差距太大。恋爱就像打猎，赵林在屡战屡败中已经懂得，要离毕可文这样的小白脸远一点，免得自己什么猎物也打不到。毕可文则要随意一些，他眼里根本就没有赵林这类人，他忙着处理黏在自己手上的猎物都来不及。

他们的认识是因为何妮妮。何妮妮是赵林的同事，他们在同一家广告公司上班，赵林是1978年的，何妮妮是1986年的，毕可文是1982年的。赵林是何妮妮的领导。后来何妮妮把自己的闺密叶小枚介绍给了赵林做女朋友。然后很自然地，赵林也认识了毕可文。赵林按广告公司的风气叫毕可文的英文名“贾斯汀”，或者“贾老师”；毕可文叫赵林“老赵”，或者“赵总”。

一开始，两对男女还搞一些四人约会，后来因为兴趣点的关系，常常会变成俩男人一起聊天，俩女人一起逛街。赵林和毕可文喜欢去北京西路一个日料店。这日料店就在赵林公司附近，是上海很常见的一种，以一个日本姓氏作店名，叫“大仓”。大仓在市区只有两家分店。店主姓谭，是个中年男子，很有腔调，瘦瘦高高的，常年穿T恤和牛仔裤，留莫西干短发。他早年在日本打拼，娶了日本老婆，三十多岁回上海，开了这家店。大仓的店面不油不腻，窗明几净，趴在上面不用忧虑袖管污染，卖的东西价格适中，制作考究，口味也优良。谭老板总是心情很好地在店里晃荡，补服务员的位，跟客人恰到好处地聊天，协助收银……他能记住每一个客人，能在客人下一次前来之时马上叫出对方的姓氏，并投以“您今天又来了”的熟人目光。

特别值得一提的是，不论盛夏还是严冬，这家店卖的干姜水总是非常好喝。干姜水是进口罐装品牌里优选的，那种屈臣氏之类的货色早早就被剔除了。再配以冻过的杯子，晶亮的食用冰块，有沁人心脾的效果。一口下去，让人觉得灵魂都要直立行走。

赵林和毕可文都喜欢喝这家的干姜水。一个冬天的午后，何妮妮和叶小枚去做脸了，赵林和毕可文则钻在大仓，享受着暖气，喝着冰干姜水，吃盐水毛豆、芥末章鱼和烤银杏。

那不是他们第一次聊天，但却是聊得比较深入的一次。一开始两人在说吃，然后才辐射到其他，他们互相分享新知，也建立了不少共识。类似午餐肉要下火锅煮才最好吃，可口可乐要易拉罐装的才能喝，色彩或者设计复杂的衣服最好不要买，新买来的东西要细细地把标签完整剥掉……诸如此类。以前赵林没啥自信，觉得自己一个男人关注这些挺娘，但和毕可文一交换意见，有一种找到同类之感，于是重新建立了自信。而毕可文觉得这个大哥，或者说“长者”还挺真诚挺健谈，同时他觉得跟赵林维持一个良好的关系会有利于何妮妮的工作，因此也颇为主动。

再后来，俩女人来电话，说脸做完了还想做个身体，于是两人接着聊。最后，就开始交换性史。首先是扳着指头比数量，赵林输得北都找不到。接着比离奇程度，赵林又是瞠目结舌。他三观尽碎，只好俯首称臣，把舞台让给毕可文，让他一个人唱独角戏。毕可文讲的故事里，令赵林印象最深的是“虹口道场狡兔少女”的故事。“狡兔少女”之说也是来自交谈中赵林的一句感叹，当时他脱口而出一句：“这姑娘他妈的简直狡兔三窟嘛。”

那是毕可文刚毕业时的事情。毕可文是南京人，毕业了打算留在上海。但他打定主意不想过那种天天坐班的生活。他想通过做自由摄影师来养活自己。他自降作为本科生的起薪要求，跑到影视公司做摄影助理，跟着摄影师当学徒。这个选择很有魄力。当时他去的那个影视公司在虹口，他就自己租了个小房子在虹口足球场边上。摄影助理这个活儿，出勤一次每天给300块，就是个现场服务员，开工的时候没日没夜，不开工的时候闲得蛋疼。

在闲得蛋疼的某日里，毕可文晃荡着，和其他三个大学同学一起去凯旋路育音堂看摇滚乐队演出。演出开始前，四个人穿着皮夹克，在凯旋路口的斑马线上模仿披头士，然后顺手拉一个路过的女孩儿帮他们拍照（后来赵林去他家，他还给赵林看了电脑里的这张老照片，上面只有四个城乡接合部F4，离披头士十万光年）。

演出开始后，他们发现台上那个换了网袜皮裙风情万种的女主唱就是拍照的姑娘。四个人乐了，思量一番，在演出间隙，壮着胆子一起去套近乎要电话号码，姑娘也挺大方直爽，大声就报出来了。四人存好号码都给姑娘发了消息，然后兴冲冲地分头回家了。毕可文应该是唯一一个没有马上联系姑娘的人。他没有在中国和中东都很常见的青春期性交不充分综合征，他并不着急。这要换了赵林，肯定就是穷追猛打的节奏。

但当晚毕可文看完演出，在家楼下吃夜宵的时候，姑娘突然给他发了个消息：你在吃夜宵啊？毕可文吓了一跳，一回头，看见了背后不远处的主唱姑娘。姑娘正咧着嘴笑，你也住这儿吗？

这就是传说中的有缘千里来相会。姑娘说，来要联系方式的人多了，但要了联系方式过了一个小时在家门口碰见的，你是唯一一个，毕竟上海这么大。毕可文也蒙了，这不睡简直对不起老天。于是两人心照不宣地饭吃了一半就回了。头一晚在毕可文家，后面一晚在姑娘家。开始也就是搞搞床上的花样，后来翻新了。

姑娘有天晚上一进门，没脱衣服，先拿出一把钥匙说，今天我姐不在家，我们去她家玩。

毕可文没想到还有这福利，于是两人心急火燎地出了门。在凌晨的大连西路上一通走。

赵林插嘴问，这么急还走着去啊？毕可文说，打不到车，太晚了。

凌晨出来外面天有点冷，但所幸当时尚是初秋，也不至于太过分。昏黄的路灯下，黄叶落了一地，毕可文和姑娘紧紧依偎着走。毕可文感叹说，太美了，那个夜晚，姑娘也特别好看。他看看一脸羡慕的赵林，又说，虹口的晚上和白天就是不一样，有一种很神奇的光线和气氛，我给她拍了不少照片，可是后来都没有了。

姑娘的姐姐是个护士，那晚值夜班去了。姑娘说，我姐姐急着嫁人呢。毕可文说，是吧，那她去相亲吗？姑娘说，相亲能相到什么好的。毕可文不说话。姑娘说，要么我把你介绍给我姐姐吧，你和她结婚，当我姐夫好了。毕可文还是笑笑不说话。姑娘哼一声不理他。毕可文想想又说，那你把你姐姐照片给我看。姑娘说，一会儿她家里有。

最后两人拐进欧阳路一个小区，灯都没开，在姐姐家的沙发上，先挥洒了一记青春。然后姑娘光着腿起来，去写字台上拿姐姐照片，毕可文躺在沙发上，看姑娘细细的小腿，边看边抽烟。姑娘腿一踢说，禽兽，不要把烟灰弹在沙发上。

姐姐没有姑娘好看，也略有些丰满。姑娘看看毕可文的表情说，我姐姐皮肤好，胸很大。毕可文不说话。姑娘说，你不会真看上我姐姐了吧？毕可文笑，姑娘打他。两人转战到卧室。

下楼以后，路面上是凌晨出摊的黑暗料理。两人抽光了荷尔蒙，坐在冷风里，喝馄饨。但是好开心。真的好开心。毕可文说，当时觉得有点难过，但现在想想，还是开心的。

赵林问，我靠，这多开心啊，为什么难过？毕可文说，因为姐姐不好看啊，不然还能认识一下。赵林听得几乎暴走，但是忍住了。毕可文又说，后来又去过几次姐姐家，但是都没有第一次感觉好。赵林说，那还去过别的地方吗？快说快说，不要挤牙膏。

后来过了一段，姑娘又很开心地出现了，说，我阿姨全家去东南亚了。阿姨家也不远，在曲阳路一个小区的高层里。毕可文问，阿姨是姐姐的妈妈吗？姑娘说，是啊。阿姨家比姐姐家大，比姐姐家装修得豪华，而且是顶楼。

两人先在阳台的钢丝床上睡了一觉，醒过来，一起趴在栏杆上抽烟。

你们都抽什么烟啊？赵林插话。

骆驼。毕可文说。

姑娘问，贾斯汀，你会唱歌吗？毕可文说，不会。姑娘说，我给你唱一首歌吧？毕可文说，好。姑娘唱了一首《夜上海》。毕可文说，你不是唱摇滚的吗？姑娘说，这会儿不想唱那些。贾老师不说话。姑娘跑到里间拿出一把吉他，又唱了一首日文歌。毕可文说，我不会唱歌，我给你演一段话剧吧。姑娘笑。毕可文捏紧嗓子，在阳台上对着凌晨灰白的虚空，"黄昏，是我一天中视力最差的时候，一眼望去，满街都是美女……"毕可文演完，扭头看到姑娘。姑娘眼睛亮晶晶地看着他说，贾斯汀，你个坏蛋。

赵林从来没有看过毕可文演话剧，在他的坚持下，毕可文坐在日料店里，把文艺青年中已经烂大街的《恋爱的犀牛》的第一段演了一遍。赵林工作久了，疏于搞文化，听得头皮发麻，觉得毕可文真是太文艺，太会忽悠姑娘了，自己这个朋友，真是交对了。

CHAPTER 2

骨头在曼哈顿疼痛

后来毕可文又和姑娘去了一次姑娘父母家，在四川路甜爱路这里。那房子是老房子，里弄式，离鲁迅故居不远。这类房子不少外国人租。毕可文和姑娘睡觉的时候，隔壁一对年轻的外国情侣也被感染了，两边隔着墙此起彼伏地交流了一通。结束后走出房门，友好地换起了烟抽。

后来那个老外和我成了朋友。

谁啊？

你见过的，Hakan，有次拍照他来玩的。

忘记了。

就那个北欧人啊……

算了算了这个不重要了。

所以，虹口是我最爱的一个区。

感觉你战斗在了虹口的每一个角落。

后来每一次经过这个区，我都心潮澎湃。坐在地铁上，一报虹口足球场到了，我就硬了。

你这家伙……你们究竟去过几个地方啊？

后来又去过姑娘其他几个亲戚家。

怎么她家这么多亲戚？

你问她爷爷奶奶啊，问我干吗？

你最喜欢哪家？

她姐姐家。

为什么啊？

她姐姐家很香。

你后来见过她姐姐吗？

没有。但是对照片印象很深，后来有一次，在肯德基里遇到过一个姑娘，特别像照片里的姐姐，哈哈。

后来和这姑娘怎么断的？

后来被妮妮知道了，给掐断了。

啊，那时就有妮妮了？

是啊。她终于知道了。她就把姑娘联系方式都删了，照片也删了，就那张她拍的披头士，因为里面没有她，还留着。

毕可文还在不停地说，但赵林的脑袋已经开始飞了，他的脑海里全在浮现虹口绮丽梦幻的凌晨，小小的、撒满梧桐树叶子的街道，一户空荡荡的幽暗的大房子，两个漂亮的青少年情侣紧紧交缠……

当时毕可文对他撒了一个谎，说自己和这姑娘没联系了，其实是怕他告诉何妮妮。这个谎当初对赵林也并无意义。人总是会不由自主地撒一些无聊的谎，无非是不想把所有实情都说出来。这个谎后来给两人都造成了挺大影响。但那已经是很多年以后的事情了。

毕可文作为一个南京人，不喜欢吃鸭子。起初不是这样，起初他每天都要吃水西门的烤鸭，由他爷爷每天下午骑自行车买来。作为晚餐的一道主菜，配上炒芦蒿和热腾腾的米饭。吃到十岁后，他身体开始不舒服。一到下雨天，肩膀痛。去医院看，医生说，是烤鸭里添了不该添的东西而导致的，从那以后，他就没有再吃过了。肩膀里的骨头也没有再疼。

和虹口姑娘断了以后，他又睡到了一个住东方曼哈顿的年轻富婆。那个富婆是在某次拍摄现场认识的，后来富婆约了他去拍私房照。在她东方曼哈顿的豪宅里，照片拍了一半，富婆就脱光了衣服。毕可文说，是她主动的，还挺没意思。赵林说，长得不好看吗？毕可文说，还行。说着他打开手机，翻了半天找出一个微博，给赵林看了一眼。赵林一看，又是一款自己永远不可能追到的美女，但觉得不能跌份，只好淡淡地说，脸P得太厉害了，不过身材还行。

事后富婆给了毕可文一种迷幻药。他们一起在沙发上服用。赵林好奇地问，吃下去什么感觉？毕可文说，就产生幻觉啊。电视机上的字都在爬，整个房间安静得不行，觉得她在唱歌，但是我们都听不到对方声音，然后躺在房间里，觉得自己特别美好，特别开心。一种坦然和放心感，觉得我从来没有这么爱过这个世界。赵林问，你后来又吃过吗？毕可文说，没有没有，醒过来吓死了，觉得吸毒了。又说，完了之后肩膀痛了，就跟小时候那次鸭子吃多了一样。赵林问，到底是哪里痛？毕可文说，就是骨头痛，那种痛的感觉熟悉又陌生，仿佛一直隐藏在我的身体里，重新被发现了出来。痛得不是很厉害，但是很明确。

赵林问，这事儿妮妮知道吗？毕可文说，不知道，没刻意瞒，但也没说。赵林说，唉，那妮妮到底怎么掉在你手里的？毕可文笑，说，我大四才认识她。她是新生，读大一，和我一个专业。接新生的时候我就瞄上她了，但我没有动作。后来话剧社招新，我和她才有了接触。但我说了半天她居然没有加入我们，而是去做了校报的记者。真是太傻了。当时我记得是我坐在话剧社招新柜台的后面，旁边是话剧社另外两个女生。我看到她红着脸过来，只是低头看我们的招新简章。我和她说话，她也不抬头看我，后来她支支吾吾地走了。我看到她在校报的柜台前停留了很久，还俯身下去填了表格。所以没有费什么工夫，我就弄来了她的姓名、专业和联系方式。但我并没有联系过她。后来话剧社演出，她来看了。好像台上有个姑娘是她朋友。结束聚餐的时候她跟着来，我又跟她打招呼，她脸红，笑着跑开了，我就觉得有戏。赵林追问道，后来呢？贾老师说，后来啊，就约她单独出来，然后就搞定了啊。赵林说，牛逼。

毕可文跟何妮妮好上的时候，妮妮的妈妈还不准自家姑娘谈恋爱。说，我们妮妮以后是要出国的。

何妮妮的妈妈是某区公安局的文职，某天看小报新闻报道，是调查大学女生性行为的，她心中一动，去查自家姑娘身份证的开房记录。这一查，查得心惊胆战。然后愤然跑去学校附近的一家快捷酒店调前台监控，看到毕可文之后，怒不可遏。大一啊！妮妮本来就长得萝莉，看起来像个初中生似的，站在毕可文身边，常常衬得毕可文得有三十。

在妮妮不知道的情况下，毕可文被妮妮妈妈约谈了。

妮妮妈知道毕可文还是学生以后，略松了一口气说，你要是个社会上的流氓你就完了。

但她真是个狠角色，几句话问下来，就觉得毕可文是个渣男。

怎么问的啊？赵林插嘴。

忘记了，她问得很快，我都不知道怎么回答，很多东西我都没想好，好像最后问到我之前有过几个女朋友，我说了，她妈的脸马上就变了。

噢，那是不能说啊！赵林恍然大悟。

最后他妈妈直接说，你离我女儿远点。

见他妈之前我还是有幻想的。毕可文懊恼道。

是吧?

是啊，从小到大，所有的阿姨都喜欢我。所向披靡。

妮妮妈是公安嘛，你一看就不是好鸟。

她妈后来跟她说，一定要谈，换个人谈，这个男生肯定不行。你知道吗，这对我打击非常大。

你这个玻璃心，被宠坏了。我从小就被女小朋友家长讨厌，说他们女儿反映我上课话多，影响学习。

何妮妮后来是硬上了，无视妈妈的禁止。两人转为地下情，明着在学校里说已经分手了，实际上还是维持着情侣关系。知道这一点的，只有一两个非常近的朋友。

但在何妮妮大三的时候，却出了另一桩子事情。

何妮妮偶尔把毕可文的电脑借去寝室玩，杀毒软件贱贱地跳出来问：要不要全盘扫描？何妮妮点“好啊”。然后杀毒软件杀到一个地方怎么也杀不过去。妮妮好奇地点进那个文件夹，看到了不少姑娘与毕可文的激情视频。

你还拍片儿了啊？赵林惊坏了。你也太会玩了。

毕可文有点不好意思，说，不要多想啊，不会给你看的。

凡事都有第一次。这便是妮妮第一次知道毕可文“居然是这样一个人”。

毕可文表示，啊，本来想告诉你的，但你也没有问嘛。

你这个浑蛋！

有几个是话剧社的小姑娘，你还认识的，人也挺好的……

你浑蛋！话剧社怎么了？跟话剧社有什么关系？

你不想知道她们都是谁吗？我都可以告诉你的……

我他妈才不想知道！我什么都不要知道！

那你为什么要这么生气？

你为什么要这样对我？

我对你不好吗？

妮妮当时噎住了。

毕可文对妮妮挺好的。除掉单方面开放性关系这一点，毕可文另外的部分都是90分以上。他视妮妮为此生挚爱，他说和别人都是走肾，和妮妮才是走心。他记得所有奇奇怪怪的纪念日，相处时体贴周到，会说笑话会甜言蜜语，花钱也不手软，早几年挣的工钱，全花给何妮妮了。毕可文说，我正牌的女朋友就是何妮妮。那些视频里舞动的肢体，来自话剧社也好，文学社也罢，都是nobody。

这事儿后来没有闹下去。何妮妮忍了，权当家丑不可外扬，只最后吼了一句，以后别让我知道！

毕可文猛点着头说，知道了知道了。

后来赵林曾分别跟他俩聊天，旁敲侧击此事，发现何妮妮以为毕可文的意思是“知道了知道了，我以后不会乱搞了”，毕可文的意思其实是“知道了知道了，以后乱搞尽量不让你知道”。然后他痛定思痛，去换了个不用杀毒的苹果电脑。

毕可文在虹口租房子期间，妮妮住校，只有周末会找他盘一盘感情。平日里，毕可文没有一天是闲着的。他那个小房子里，不知道睡过多少无知少女。这种情况，直到妮妮毕业和他同居才算告一段落。

毕可文约炮的经典模式就是和东方曼哈顿富婆那样的。白天出去工作，遇到的大部分姑娘，都想睡毕可文。姑娘们会主动给他发消息：贾斯汀，我想拍套个人写真。然后毕可文大约只对其中某几个感兴趣。感兴趣的，他自己拍；不感兴趣的，他会推荐给别的摄影师。赵林说，推荐给我啊……毕可文说，切，你又不会拍照。

何妮妮刚进CC广告公司，就被分到了赵林负责的业务中心，她是创意部门的实习生，是个想迅速摆脱校园身份，融入社会的姑娘，也看得出她很有进取心。

但一开始她很痛苦。每个人都能看出来她痛苦，她红着脸坐在一台巨大的台式机前面发功，但她做不好事情。不过，每个职场新人都做不好事情且痛苦，赵林也没有太在意。

但上班第一周结束何妮妮就想辞职。大概不好意思当面说，就先给赵林发短信。

老板，我想了很久，我想辞职。

啊？

觉得我好像不大适合上班。

没有人适合上班。我22岁大学毕业就觉得自己适合养老。

不，我是真的不适合。

为什么，请给出三个无法辩驳的理由。

我在办公室觉得窒息；同事们都听不懂我说的话；我坐了一天什么创意也想不出来。

这些理由都很棒。

所以你同意了？

不同意。你要是男人就给我再顶一个月。

我是女人。

一个月时间你去找别的工作，找到了就走。

好。

赵林在何妮妮的融入上还是下了点工夫的。他看了何妮妮做的出品之后，觉得这小姑娘还是有点才气的，于是跟创意总监打招呼，说让他多关注一下那个总是红着脸的姑娘，应该可以安排个资深文案带一带。于是创意总监安排了老文案陈磊去指导何妮妮。何妮妮长得挺美，又清纯，陈磊乐呵呵地接受了这个任务。又过了一周，在所有人都参加的创意会上，赵林假装不知道某个作品是何妮妮的，亲自表达了一些赞许，他眼光扫到何妮妮的时候，发现她眼中流露着欣悦。何妮妮这人，是个善于打顺风球的选手，表扬让她看到了希望，她的特质开始表现出来，她热情，直接，努力，认真。她有一种奇怪的与生俱来的感染力，却又不像同样具备这些特质的姑娘那样有攻击性。这可能是因为她会恰到好处地脸红，所以当她遇到点麻烦的时候，总有人出来帮她。下brief的客户经理们也热衷于调戏她，办公室还成立了虚拟组织，叫“何妮妮脸红兴趣小组”，专门总结她脸红的诱因。这让她成了新人中最受欢迎的一个。

最终何妮妮留在了CC广告，渐渐地成了赵林团队里的一员干将。何妮妮知道赵林单身的时候还挺惊讶，觉得这人挺好的，所以把自己同校的闺密叶小枚介绍给了赵林。叶小枚和何妮妮同岁，是同寝室的，毕业后做了记者，时间自由，有时会来CC公司陪着何妮妮加班。叶小枚脾气有点怪，也比较内向，除了何妮妮，也不跟其他人说话，赵林在办公室瞟见过这小姑娘几眼，人是记得的，但没有挂在心上。何妮妮在介绍叶小枚给赵林之前，在叶小枚面前帮赵林说了不少好话。类似成熟、稳重、老实、能力挺强之类的。确实，赵林在工作中是有一些个人魅力的。他在CC里算是中层的翘楚，天生大心脏，性子比较缓，遇事不着急，公司砍业务靠大老板，但看业务全靠他。大老板在前面冲锋陷阵，他在后面守阵地，大老板脾气火爆，他性子柔，同事们都相对更亲近他。在何妮妮这样的年轻人心中，他的形象就是个完美的靠山。

何妮妮先把叶小枚的MSN丢给了赵林，让两人没事先聊天，大约聊了一个月的样子，叶小枚才答应见面。两人第一次吃饭，叶小枚显得很愁苦，赵林一问，得知小姑娘初入职场，在报社的位子还不太稳定，赵林帮她提了不少建议，叶小枚心里有了一丝感激。赵林是陕西人，叶小枚是江苏的，两人都不是上海人，赵林跟她讲自己当初刚毕业时的故事，叶小枚觉得他有点炫耀，但转念一想也觉得这个人还算真诚。叶小枚打量赵林的长相身材，觉得他虽然不够帅气潇洒，但是高高大大，虽然常常听不懂自己的笑话，但是胜在社会经验丰富。赵林之前谈的几次恋爱都不是太成功，一来他比较忙，二来他对于南方女孩子的“作”应对得不是很好，他有时把处理工作和处理跟女朋友的关系混为一谈，总是搞得一本正经，那些女孩子都嫌他不够有趣。叶小枚在毕业的这个当口，对于男朋友是否有趣要求不甚高，她焦虑于自己的前途，也把这种焦虑带到了挑选恋爱对象的过程中。两个人用了一个月的时间，发展到了天天见面的程度，何妮妮看在心里，乐在脸上，一直吵着要弄个四人约会。赵林顾忌颇多，他作为中层，对待各职能板块需要一视同仁，不想让其他同事得知自己与何妮妮走得比较近，因此比较抗拒在工作之外的场合和何妮妮见面。直到一次outing中，他认识了毕可文。

Chapter 3

无意走进你的梦

这次outing规模不大，去的是上海周边一个古镇的农家乐，HR说了可以带家属，但别的老同事都老奸巨猾地没带，而妮妮拖上了自己的男朋友毕可文。那是CC公司的人包括赵林在内，第一次见到毕可文。女生们都羡慕何妮妮有个帅哥男朋友，男生们都对这小子假装视而不见。但毕可文情商挺高，他晓得自己是来蹭旅游的，就拿着相机一路帮大家合影拍照。玩的过程中倒也没什么特别的，后来毕可文把照片刻光盘快递了过来。赵林打开一看，发现CC公司outing史上的最佳合影照片诞生了。他把这些照片洗出来，替换掉了公司的照片墙，并专门给毕可文打电话致谢。广告公司的拍摄任务挺多的，赵林把毕可文介绍给了几个业务部门的执行同事，后来毕可文靠着自己的经营和能力，慢慢变成了CC公司常用的商业摄影师。

有这层关系在，毕可文和赵林熟悉了起来，但是那时候，他还不知道毕可文花心的属性。有一次一个大项目，赵林亲自跟片，摄影师是毕可文。工作间隙两人在展馆外面抽烟聊天。

还跟我们妮妮在一块儿呢？

在一块儿呢。

对妮妮好一点，部门里多少人看上她，都是冲你，觉得小伙子还不错，没挖墙角。

我对她是真爱，不会有事的。

那就好。

就是最近吵架了。

为什么呢？

也没啥，是个很难启齿的原因。

说啊，你是不是男人啊。（赵林给毕可文递了一支烟。）

那方面不和谐。我觉得她没有什么欲望。

啊，这事儿啊。（赵林顿时有点上头，觉得我们这才认识没多久吧？）

我觉得我不太懂女孩子。（毕可文装了个逼。）

我跟你说，妮妮跟你的时候还是个雏儿吧？（毕可文点头。）都是这样的，得慢慢来，慢慢磨合，我这么跟你说吧……（年龄摆在这里，又是客户，又是领导，赵林只好扮演了一次老司机。）

那是他们两人第一次交换性史。不聊这个，他们也成不了朋友。

但其实赵林那点可怜的性经验，比起毕可文根本就是萤火之光与皓月当空的差别，然而在一开始，在毕可文一再装逼的情况之下，竟是赵林在班门弄斧。后来俩人彻底成朋友以后，提起这次聊天，赵林都恼羞得不行。毕可文则是说一次笑一次。

我有时真觉得妮妮可能是个LES。

你别瞎扯了。

真的。我懂的，她和我每个姑娘都不一样。我觉得她就是个没被开发出来的LES，否则她怎么可能抵挡我的魅力……

你别扯淡了，你不能拿你那些炮友跟要当老婆的姑娘比。

诶？你说的也有道理。嗯，拿别人当老婆这件事情，你很在行吗？（赵林那时即将和叶小枚结婚了。）

但搞姑娘我就比不上你了。

上天给每个人安排的角色不同嘛……

滚，我怎么觉得你的剧本比我好！

呵呵，再说我们第一次见面，还是你在教我怎么搞姑娘嘛……

别提了，再提翻脸了！

哈哈，好好好……哎，我问你，你跟叶小枚在一起之后，有过别的女人吗？

没有。

牛逼。那你想有吗？

滚。

他俩那时在大仓的见面已经不多，双方的感情轨迹也在驶向不同的方向。赵林和叶小枚虽然也有矛盾，但大体说来也算过得风平浪静。而且赵林事业一直很顺，CC北京总公司提拔副总裁，赵林已经竞聘成功，打算和叶小枚结婚之后，就奔赴北京上任。而何妮妮和毕可文越来越不稳定。何妮妮始终因为毕可文睡姑娘的事儿膈应着，心里怨气越来越重，她整天跟赵林和其他同事吐槽毕可文，料都很劲爆，赵林不敢跟毕可文说，又看着何妮妮跟陈磊越走越近。相较陈磊，赵林要更欣赏毕可文，他觉得陈磊配不上何妮妮。他自认长得不帅，也没有条件像毕可文那样受欢迎，但其实他心里挺羡慕毕可文。他觉得毕可文这样又自由，又搞得定，人生体验还丰富。不过这种念头，从来不敢跟叶小枚说。所以他把毕可文的事儿写成段子文用笔名发在网上，字里行间全是羡慕。当然，没有一个认识的人知道那是他写的。

赵林和叶小枚结婚以后，就从上海公司转去北京，大约两三个月才来上海转一圈。那会儿何妮妮跟毕可文分了手，又跟陈磊公开了关系。公司里还是不许员工公开谈恋爱的，所以陈磊先辞职，再过一段时间，何妮妮也辞了。赵林跟叶小枚渐渐就跟她不大联系了。而毕可文仍旧是那么神神道道。他每次都是突然出现，然后又突然消失。他还邀请过赵林跟他合伙开公司，被赵林拒掉。两人都有对方的联系方式，但由于生活轨迹差别太大，加上地理的阻隔，就没有了日常的交流。

赵林回到上海已经是五年后。他跟叶小枚离婚，也离开了CC公司。他应聘了个上海的工作，已经重新搬回上海。他想联系旧朋友，可翻开通讯录又觉得近乡情怯，一个电话也拨不出。

某个晴朗的白日里，他外出办事，偶然又走在了西康路上，不禁想起来过去跟毕可文在这里吃串儿的晚上。他看着这些没啥变化的景致，表面平静，心潮起伏，用余光扫视着每一个路人的面孔，觉得新鲜又熟悉。

重回单身生活，他感到有了更多的欲望去了解他人。直到此刻，他才觉得自己真正回到这个城市。这真是一个奇迹，他在心里说，生活真是一个奇迹。他怀着这样莫名其妙的心情，走过了一个地铁站，几个创意园区，一些新开出来的牛肉火锅店，一条单行的小街道……然后，在过马路的时候，他看到对过喜士多的门口，有一个瘦瘦的身影，很像毕可文。

他吃了一惊，张开嘴想喊，但不禁觉得喉头有些哽咽，车流滚滚，还有警察，而那个人始终没有转身，他也不敢确认。最后那个人慢慢远去。他把手塞进风衣口袋，低下头，当什么也没有发生过。他觉得自己还有点没准备好去面对过去。

可晚上他就做梦了，梦见他和毕可文碰了面。赵林本是个不太会做梦的人。在北京，和叶小枚离婚之后，他心情太差导致了失眠，因此找过一段时间的心理医生。医生姓高，她帮赵林催眠，告诉他梦的含义，也教他认识、了解梦境。后来渐渐地，他的睡眠质量好了不少，日有所思夜有所梦的情况也开始经常发生。作为一个本来不做梦，但有点小迷信，又在成年之后学会了做梦的人，他常常把梦境当作对现实生活的某种启示。

他梦见自己和毕可文突然相会在安顺路凯旋路附近的一个小区里（这里是赵林一个前女友的家，可天知道为什么是这里），毕可文在一片灰蒙蒙中带着赵林上楼。

这里是毕可文新租的房子，老公房的顶楼。光从窗户里射进来，楼道里堆着自行车、破纸箱、坏掉的缝纫机、肮脏的鞋架，有的房间门口有脚垫有的没有，有人把胸罩挂在窗台边上，粉红色的看着CUP应该有C，这个邻居住的是什么人呢要不要推门进去认识一下……

在梦里，赵林和毕可文视而不见地掠过挂满胸罩的窗台，走到旁边的房间门口。房门是红色的，上面有一个猫眼，猫眼的背后仿佛闪着光。

毕可文开口了，这是我新租的。

接着一个女生在赵林背后说，对，快请进，拖鞋在你右手边。

赵林这才发现原来梦里还有一个人，那是毕可文的新女朋友，不过还是何妮妮那个类型，说话也和何妮妮一样。

进门他们就坐下了，毕可文很有巧思地把一些厚厚的时尚杂志卷在一起，用胶带细细捆好，做成一个圆凳，搬给赵林坐。赵林听话地坐下来，觉得自己像毕可文家的猫一样。然后他就看到毕可文和新女朋友在他对面的沙发上坐下来，仿佛是要面试他。他低下头，看着扭曲的杂志上扭曲的女人脸和红唇，一阵哆嗦。

老板好。

你好，先自我介绍一下？

这怎么是我面试啊，你不认识我了吗？我是赵林啊。

啊，赵总啊，好久不见。

是啊，好久不见。

你最近在干吗？

也没干吗，新租在这一带，刚出去转，这不就遇上你了嘛。你女朋友好漂亮。

谢谢，你看看人家，嘴多甜。（那女朋友开心地朝赵林笑一笑，红红的嘴唇很性感的样子。）

毕可文不说话，抚摸着女朋友的肩膀。女朋友个头很大，毕可文看起来像是依偎着她。

你们俩是老朋友了吧？

是啊，我们认识很多年了。

那你们为什么这么久不联系呢?

不知道，上海太大了吧?

你们俩各自混了这么些年，谁混得比较好啊?

要论挣钱的话，是他，他摄影师，挣得多。

那论别的呢?

那还得是我，他只跟姑娘们恋爱，而我敢跟她们结婚。(赵林在梦里听着自己这么说。)

是吧，那你还真是厉害啊!

赵林点点头，觉得自己愈发像猫了。

毕可文和他女朋友微笑着，不再理他，而是在沙发上接起吻来。毕可文伸手摸姑娘的胸部，然后脱掉了姑娘的上衣，赵林在边上焦急地看着：要不要加入他们呢?

毕可文看着他，仿佛在鼓励他，他女朋友也开始朝赵林勾手指，赵林更着急了，最后急着急着，他发现自己必须起床上厕所了。

尿完回来看看表，才凌晨五点半。他把自己蜷成一只虾，希望能把梦接下去，才到精彩的地方，怎么能停呢?

但房间里已有光透进来，他已无法回到那个昏暗的房间。他知道这梦算是完了，就起床刷了牙，然后坐在沙发上。愣了有十分钟，才翻出毕可文的手机号，给他发了个消息：贾老师，你还在上海吗？

我在啊。（毕可文居然秒回了。）

你现在住哪儿啊？

还住在老地方。

啊？这么多年都没有换？

是，房东人不错，房租涨得不多。

那我知道了，一会儿大仓见？你怎么这个点还醒着？

不是醒着，是还没睡。

大仓还开着吗？我才回来上海，好久没去了。

开着，天亮了见。

约好后，赵林坐在沙发上一阵恍惚。五年了，距离他俩上次见面。

大仓的门口重新装修过。店主撤掉了门口的日式灯笼，也去掉了巨大的招牌。原先的推门改成了横拉。门口做了个小小的日式盆景，盆景上方的墙上，有一块原木色木板，上面用毛笔写着“大仓”和一串赵林不认识的日文。他推门进去的时候，门发出一阵铃铛响，吓了他一跳。谭老板迎上来，但似乎没有认出他。一个中年女子站在玄关的收银台前，一看就知道是老板娘，她朝赵林鞠一躬，赵林摸摸后脑勺，点点头，进来找了个靠窗的位子坐下。

现在不是饭点，店门刚开，尚无其他客人，赵林点了一盘毛豆，一份寿司，一罐干姜水。老板亲自送上来，看了又看，说，哎呀，赵总好久没来了啊？赵林有点感动，愣在那里，老板笑笑离开了。

大约等了半个小时的样子，毕可文来了。他穿着一件灰色的T恤，配牛仔裤，戴了个帽子，手里拎着一个环保袋。

坐下来两人就看着对方笑。笑完了赵林问，你吃什么？毕可文扭头叫老板，老板，干姜水一罐，招牌拉面一碗。赵林问，这几年你在干吗，公司开出来了？毕可文说，我还是拍照片啊，不过公司注册出来一直没有用，我主要还是挂在一个朋友公司那里，有活儿了就去一下。赵林说，还是你潇洒啊。毕可文说，你呢？赵林犹豫了一下，说，我跟叶小枚离婚了，然后离开北京，打算回来上海。不过，我感觉很多人都联系不上了。

毕可文愣在那里，有大半天，才说，你们一直没消息，一有就是大消息。你们也够折腾的。赵林一时不知从何说起，只好说，现在不想再折腾了。你呢？之前我离开的时候，记得你也天天叫着说自己痛苦，现在我倒真痛苦了，你还痛苦吗？毕可文说，我现在不痛苦了。赵林问，为什么不痛苦？人生居然可以不痛苦？毕可文说，也不是不痛苦，就是，不一样了，现在老了，没有那么痛了。赵林说，你少来，你当着我的面，说你老？毕可文说，也没差几岁，算一代人。赵林说，为什么老了就不痛苦了？毕可文说，我最近喜欢研究身体……赵林说，这确实是你的特长。毕可文没理他的嘲讽，接着说，我研究身体之后发现，我痛苦的根源就在于自己的身体欲望太高。这就是荷尔蒙水平太高。我想女人，想爱，想拍照，就是荷尔蒙太高。赵林说，这就是你的研究成果啊，也太肤浅了吧？毕可文说，我现在觉得我也有大姨妈。我后来想想，我痛苦的时候都是大姨妈来的时候。赵林笑，你大姨妈多久来一次？毕可文说，一个月总归有一次，但不流血。这期间我啥也不能干，只能倒在家里防止自杀。这几天过了就好些。赵林说，那还好，不浪费卫生巾。毕可文问，你没有吗？赵林说，没有。毕可文说，是人就有，你是没注意过。赵林说，我现在每天都很痛苦。毕可文沉默了一会儿，说，我之前痛苦那叫傻逼。现在我不那样了。

然后毕可文有点啰嗦地说了一大通，他告诉赵林，这几年里，他真正过上了成功人士的生活。他认真地花自己挣来的钱，更新着自己饮食住行的一切。最新款的手机，最当季的大牌服装，每个季度去一次国外，生活半径基本锁定在内环以内。偶尔出差也是去大城市的CBD、酒店和风景区。赵林听得有些愣，耐着性子听了半天，觉得之前认识的毕可文不是这么俗气的人啊。但也不知道该怎么回，憋了半天，说，你就是中国奇迹啊，了不起。

CHAPTER 4

不过是灰烬

毕可文说得有点high，一边吃赵林点的毛豆，一边说，屁个奇迹，也就是想通了而已。但你没有想过吗，这个体系，也很残酷的。你肯定懂的呀。他搅动着面前的面条，汤已经喝光了，面条坨成了一大团。赵林看着面冷笑，呵呵，你这个不会吃面的南方人，北京就没人像你这么吃面。

毕可文不理他，接着说，这个体系不比我们以前的体系容易，我觉得一旦被整合进去，要遵循其中的评价体系和规则，也是要努力的。赵林说，这个我理解，就是你有一个价格了嘛。毕可文说，是啊，我开始有一个价格了。在拍片儿市场，在婚恋市场，在社会上的各个地方，我开始有一个价格了。

赵林心里失望透了，不想再说话。毕可文坐在对面已经开始和他说自己上相亲网站和相亲节目的经历，赵林盯着毕可文晃动杯子的手，看着冰块在里面摇来摇去，听得漫不经心。干姜水喝完的时候，差不多附近上班的人开始出来吃午饭，赵林正要找借口走掉，毕可文忽然又说，其实我后来又崩溃过，但忍住了，忍了好久没有去联系你。赵林说，为什么要忍？毕可文说，因为知道找你也没什么用，而且你结婚了嘛，我不敢结婚，觉得你的想法肯定和我不一样了。赵林说，确实没什么用，不过起码我可以陪你聊聊天。毕可文说，幸亏你没答应一起创业，答应我就害了你了。我那根本是一时冲动，我哪里有什么能力创业，也是想自己给自己打点鸡血。赵林笑，没看出你这么不靠谱，我是以为你旅游了一大圈，把脑子玩坏了。毕可文说，那也不能这么说，什么叫不靠谱？我觉得只要命还在就不能算不靠谱。但总之我那时是彻底崩溃了。因为我觉得自己在这个评价体系里没有我想象的那么好，我得找一个自己合适的地方……赵林打断他说，你现在找到了吗？毕可文说，没有。赵林又说，那你现在有女朋友吗？毕可文说，没有。不过我不那么着急了，也不痛苦于此。赵林说，那就好。你知道我为什么联系你吗？就我前面梦见你来着。毕可文说，你梦见我？梦见我什么了？赵林说，梦见和你还有你女朋友……毕可文问，哪个女朋友？赵林说，现在想想，是不认识的，莫名其妙一张脸。毕可文笑，那我们三个在干吗？赵林说，一起睡觉呗，但刚到关键的地方被尿憋醒了……毕可文哈哈大笑，我靠，你还挺会梦……要么，真去我那儿坐坐？赵林想想还是答应了。

他多年前是来过毕可文家的，但眼前的这个地方，相较之前变化很大。毕可文新置了不少家具，还装了个大投影。可以在这里用投影打游戏，毕可文说。赵林点点头。他发现毕可文养的猫多了两只，一只虎斑，一只全白，加上原来那只三花，它们都老了，一动不动地待在客厅的三个角落冷冷地看着空气。没有梦境中杂志卷成的圆凳，没有女朋友。赵林简单参观一番，觉得房间灰蒙蒙的，没有什么生气。话在外面都说完了，毕可文到电脑前处理事情，赵林靠沙发上，想打个盹。

等他醒来，毕可文已经出去。外面黑掉了，黑色顺着窗帘的缝隙渗进来，这代表他在毕可文家睡了很久。他看看表，已是晚上六点。毕可文在电脑桌上留了条子，说外出要很晚才能回来，看他睡得很好就没有叫，只说走的时候把门带上就好。赵林看着条子，有些发愣，刚睡得很沉，醒过来心跳得有点紧，于是轻轻地走了一小圈，最后又回到电脑前坐下来。他看到毕可文在一些纸上抄书练字，映入眼帘的一行是“风摇草色，日照松光。春秋非我，晚夜何长”。他心里嘀咕毕可文没这么有文化，就翻他在临的那本书，是一本很旧的《谢宣城集校注》，翻开一看上面印着他母校图书馆的章，下面有两个英文字母W。原来是从学校图书馆坑出来的。他拿起笔，把那四句不详的话又抄了一遍，然后合上书回到沙发上躺下来，抚摸着沙发布的纹路，想着自己在自家床上一直睡不好觉，却在这里一睡一下午，不禁有些恍惚。

从毕可文家走出来，常德路夜市有些已经出摊了。赵林看着一片热火朝天的景象，浓重的油烟味，没有任何食欲。白天和贾老师的谈话让他更加沮丧，最后桌上那四句话也令人低落。他觉得什么都变了，又什么都没变过。生活的目标也好，女人也好，这街上的夜市也好，都太虚幻。他和毕可文，这么多年来以各自的方向去寻找答案，转了一大圈，转到结束的时候，发现前无来日，后无退路。唯一可以高兴的，无非是两人恢复了联系，但毕可文说起的话题，他已经要强迫自己才能听进去了。想到这里，他又有一丝歉意，决定给他打一个电话。

喂，你哪儿去了？

啊，你醒了？晚上要一起吃饭吗？

好啊，我正想问你呢。

你现在还在我家吗？

刚下楼。

那你不要走，楼下等等我，我半小时就回去。

好的。那个……

你想说什么？

你要么还是好好找个女朋友吧？

怎么突然说这个？

我梦里咱们这次恢复了联系，所以现实中我们也恢复了联系。我梦里你有个女朋友，醒过来你还没有，我就觉得不舒服……

你一个刚离婚的人，怎么这么着急把我往火坑里推……不对，你梦里还三个人一起睡觉哪，他妈的，你又转着圈损我……

哈哈哈哈，挂了挂了。

挂了手机，赵林站在街头等毕可文，等了三十分钟，他居然没有来。赵林有些焦躁，给他再去电话，没想到电话不再能接通。赵林只好到对面的亚新生活广场又逛了一大圈，然而毕可文仍旧没有出现，且电话也变成了关机。赵林无可奈何，不再等他。

放鸽子的事情也不是没有过，赵林也没有太放在心上。但第二天中午，他再拨电话，仍旧是关机，不禁心中有些奇怪，这是什么情况？

于是他再次来到毕可文的住处门口敲门，敲了很久，没有回应。他悻悻离开，回家途中，翻开通讯录打了三个电话，才从一个前同事那里要到了何妮妮现在的手机。

他说，喂，妮妮你好，我是老赵。那边传来妮妮熟悉而热情的声音，啊，老板你好啊，你怎么……好久没联系了啊，你还好吗？赵林一时有些哽咽，顿了一下说，还叫我老板啊，我挺好的。那个，我找你问个事情，就是……你和毕可文还有联系吗？妮妮沉默了一会儿，说，啊，那个家伙，有，怎么了？他说，发生了一件怪事。我回来上海了，毕可文和我见了一面放了我鸽子，然后就不见了。妮妮说，什么情况？赵林在电话里把情况跟何妮妮说了一遍。

何妮妮让赵林不要多想，说毕可文这两年一直这样的，他是摄影师，有时接到一个单子就要出差，可能不方便接电话，估计过一阵子就出现了。赵林跟何妮妮聊了些别的，告知她自己已搬回上海，现在在哪一带工作生活之类的，并约了闲来喝茶，刻意不提自己离婚了。何妮妮心中疑虑，没有多问，挂了电话以后马上打给叶小枚。叶小枚接到电话就穷哭八哭，何妮妮才知道他们离婚了。电话里安慰了叶小枚半天，何妮妮打算去找赵林聊聊。

赵林离自己新公司入职还有两个月。本打算收拾收拾就出去玩。没想到打完电话的第二天傍晚，他正在家里做东西吃，有人敲门。推门出去一看，看到了很多年没有见过的何妮妮，她背着一个大背包，说，老板你好啊。然后直接往里闯。赵林让她进来，说，你来了怎么也不打个招呼。她没说话。赵林看看她径自把笨重的背包解下来，又说，你这是要去哪儿？她说，毕可文电话现在还不通，我想去找他。赵林说，你知道毕可文在哪里吗？何妮妮说，根据我总结出来的经验，他这样突然消失，很可能是回家了。我问了几个给他发单子的朋友，他近期没有工作。而且他没有别的朋友了，他的那些炮友也都不靠谱，我必须得去他家一趟。赵林说，我只知道他家在南京，不知道具体地址。何妮妮说，我知道。赵林说，那你等等，我收拾一下。何妮妮说，别急着收拾，还有别的事。赵林看着她。她说，你说你为什么跟叶小枚离婚？

赵林叹了一口气，又回身坐下说，你真想知道？何妮妮说，我前面和叶小枚通电话了，她一直哭，我跟她聊了两个小时，电话都聊爆了。叶小枚跟我说了你们到北京之后的事，我都听得快疯了。赵林冷笑着说，她怎么说的，我也很想知道她的看法。何妮妮说，你们俩自己都没好好谈过？赵林说，没想到吧，多年夫妻了，还不如一个外人。

妮妮叹了口气，说，叶小枚说直到离婚，她都觉得看不透你。说忘了从哪天起，你已经变成了一副闷闷不乐、对什么都不感兴趣的样子。你指责她总是对你发火，她就是想用这种办法引起你的重视。她觉得你什么都不和她说，比如你虽然天天在工作，但也看不出你到底有没有对未来的规划，不过你工作自己做得也挺好，她又不能问啊，就觉得一直在被你安排自己的生活。起先你们俩是吃饭吃不到一块吧？她说你喜欢吃面，她喜欢吃米，你喜欢吃肉，她喜欢吃青菜，吃饭吵架多了，你们就不一块儿吃了，反正你工作也忙，她说每次回来你都说你吃过了。时间长了她也没当回儿事，但是你渐渐地就不着家了。再后来，她说你回来以后，门一关，一个人躲在书房，也不在客厅陪她看电视。这还是闲着的时候，忙的时候，你晚上回来，她都睡了，你醒了，她已经起床去上班了，你们俩这么着，别说夫妻生活，有的时候半个月，就是面儿也碰不上几次。但到这时候，她还是没想到你会提离婚。所以你回来跟她说要离婚，还说外面有别的人了，她心里是怎么也接受不了的，但你那么坚决，并且把那些问题归于两人不适合一起生活，她真的是无话可说，只好答应。她说你把房子什么的都给她了，可后来她了解了一下，你外面有人的事情应该是子虚乌有，是杜撰出来为了和她离婚的，她觉得你宁肯自污也要跟她离，是真的不爱她了，她就认为没什么好跟你闹的，答应离了。但现在她心里天天难过，觉得过不去这一关。我问叶小枚，你可以坚持不离啊。她说，开不了口了，你那个态势，就让她觉得是两人过到头了。然后她就哭，我在电话里陪着她哭。我也不知道你是怎么想的，你有不满，可以跟她提，为什么非要离婚呢？都这么多年了，你知不知道你们俩的感情一直是我们的楷模？你当年高升到CC北京去，我们都羡慕死了，我觉得毕可文要有你一半出息，我就嫁给他了，可你呢，过了没几年，婚也离了，职也辞了，就这么又一声不响地回来了，我们都不知道你们发生了什么。你们俩也是够呛，都保密着。你不说，我是不敢问。但现在我一问，觉得你们这婚离得不对，离婚得把事情都说清楚，不能这么不明不白的。时间长了，人会有内伤的。

赵林不知道坐在何妮妮对面的自己是啥表情，但他知道自己的表情一定很精彩。他说，你说完了吗？说完了我来说。我和叶小枚认识几年了？从恋爱到结婚，有六年了吧。六年来，我能作的努力，能说的话都说过了，但是没有用。婚姻不是给你们看的，舒不舒服，只有我知道。叶小枚觉得我不说话，就是老实，谁不喜欢欺负老实人啊，两人相处，她凡事非要占我点便宜，没事儿损我几句抬高自己，凡事自己能干的坚决安排给我。我当时就觉得这人怎么这样？可她年纪小啊，我也不能硬说。后来我和一朋友讨论这事儿，人家把我训了一顿，说漂亮小姑娘找我们老男人结婚，那就是得我们照顾伺候人家，不然人家找你干吗？你得转变心态，做好服务。我那时老实啊，觉得哎哟，这个道理挺对的，我得拿出男人的气概来，我听。客户我都服务了，我还服务不了她吗？我是把对客户那一套都拿出来了。她身体寒，每天晚上的洗脚水，都是给她打的；为了她，我夏天家里从来不开空调，她能想到的，我服务了，她想不到的，我也服务了，每天嘘寒问暖，当姑奶奶伺候着，家里的家务，从来不用她操心，她只管顾着自己那份工作。我做这些，是图叶小枚开心，是甘心付出，不求回报。但时间一长，我发现，她开心了，只能做到起码不作我。我对婚姻的要求和想法是一概无法满足的。我一回家，她就坐在客厅看电视，招呼也不跟我打一个，我累得半死，还得料理她吃剩的锅碗瓢盆，帮她端茶送水，听她颐指气使。晚上想过夫妻生活，还要看她心情，听她乐意。最后从一周一次，变成一月一次，变成没有……吃不吃得到一起，我早就本着求同存异的态度，放弃了。我早就一无所求了！后来我回家到了楼下车库，停了车都不想上去。我后来觉得那朋友说得不对，我那么对客户，客户是付钱给我的，人家买了我的时间，我当然要提供优质的服务。可叶小枚呢？我们之间是什么？是爱情，是因为爱情而结合的婚姻。这是基于情感的关系，不是基于利益的结合。情感是需要互动以保持新鲜的，不是某一方单方面的服务，付出。我又不图她什么，我当初跟她结婚，不就是因为爱她？可她呢？她爱我吗？对我有情感付出吗？我觉得没有，她最后的难过，也无非是一种失去了用顺手的一件工具的那种难过，或者说是脱离了既有的舒服的生活模式的那种难过。

何妮妮听了赵林这么一大串之后，惊讶得脸通红，说，老赵，从来没听你说这么多这些东西。我感觉我管不了你们的事情了。我觉得这个事情吧，就看我拿你们谁当朋友了。如果你说的都是真的，觉得你也是真的苦。你说的时候我也在想，我大学和叶小枚同寝，她还真是这么个作派……可现在她那么伤心，我也觉得她真的可怜。我真不知道该怎么办了。

CHAPTER 5

脑中的炸弹

赵林前面说了一大通之后，已经有些哽咽，低着头扶着脑门，不看何妮妮。过了一会儿，他说，妮妮，对不起，前面我太激动了。离婚不是儿戏，这是割肉，是否定我之前六年的感情生活。我还是很难受的。我一无所有地回到上海，到现在就见过你和毕可文俩朋友。说起来，我和叶小枚是你介绍认识的。我今天才可以告诉你，其实一开始我有好感的人是你，但当时你有毕可文了，我也不好说什么。我其实也没有那么喜欢叶小枚，但就是这么一路跟她走下去了。这是孽缘。我也不能总说人家不好，叶小枚也没有犯什么原则性错误，这段婚姻的失败，我也是有责任的。我对不起她。

何妮妮的脸色变了变，最后说，老板，你现在说这些干吗，都这么多年了，你以为我一点感觉都没有吗？但我们俩并不合适。而你和小枚没有成，那就是说你俩也不合适。你还是往前看吧。

赵林冷笑一声，说，往前看？我没有未来了。何妮妮说，这话什么意思？赵林说，我和她离婚还有一个原因。何妮妮说，还能有别的什么原因啊？难道你真的当时外面有别人了？赵林说，外面有过别人，还不止一个。但这也不是什么重要原因。何妮妮说，你也跟毕可文学啊？赵林说，叶小枚半年跟我上一次床，我怎么可能接受？我自己撸得都快不举了，外面有的别人，那都是在帮我。不过这些已经不重要了，我当时无非在北京约过几次炮罢了，并没有长期关系。

何妮妮说，那你说到底什么原因？赵林说，我说了怕你受不了，你要么不要知道了。何妮妮说，你快说啊。赵林沉默了一会儿，说，告诉你也可以，想想也只能和你说说了。何妮妮说，天哪，你不要吓我。赵林说，我得了绝症。何妮妮说，啊？真的吗？她扑过来握住了赵林的手。赵林慢慢地说，我脑袋里长了一个瘤，目前看起来人是正常的。我北京上海这边的医院都悄悄看过了，虽然是良性的，但是位置比较深，所以就俩选择：一，不管它，让它慢慢长，说不定我还有几年好活；二，开颅动手术，但是一定会有后遗症，我可能会变成傻子。何妮妮目瞪口呆，说，你不是骗我的吧？那你为什么要离婚呢？

赵林说，当初查出来的时候，我也是崩溃的。我跟叶小枚说了的。这也瞒不住她。叶小枚表现挺好，说要么还是动手术拿掉，傻了我养你什么的。我也挺感动。但是吧，有了这个病以后，我的心态彻底就变了。我觉得我之前的活法不对。这么多年，在外面咱伺候客户，在家里咱伺候叶小枚，咱也认了，谁让咱有劲儿呢？我总觉得自己有使不完的劲儿和热情。我多拼啊，谁都没我拼，我想留在上海，我就留下来了；我想赚钱，我也赚到了；叶小枚是你闺密，我看上了，我追她，我也追上了；公司里有个职位，我想拿，我也能拿到。我觉得只要我拼我努力，没什么事儿是我干不成的。可这个病怎么就摊在我身上了呢？我觉得上天待我不公啊，我还想健健康康地活着，可是不，没这个机会了。我从医院出来，我也不管不顾了，我在路边蹲着哭了半个小时，我觉得路上每一个健康的人，都比我强。我这是从根本上输掉了。这些话，我没法跟叶小枚说。我只跟叶小枚说，没事儿，咱积极治疗。叶小枚是什么人？她刚毕业就认识我，进入社会屁都不懂，都是我在教她，她真没吃过什么大苦头，当记者的时候，稿子写不完，我给她写；后来工作被老板教训了，我教她怎么处理；就是失业回来家里待着了，我也养她。她真是我一手惯出来的，吃不了什么苦。所以我觉得我不能害了她，她还年轻，努力努力，再嫁个健康人，安安稳稳过一辈子得了。跟着我，后面就是苦日子。我死了，她变成了寡妇，不好嫁人，我残了傻了，她想甩也甩不掉了。看了很多大医院了，我这个毛病，就这俩结果。

何妮妮号啕大哭。赵林脸色苍白地看着她，表情带着一丝疲倦。何妮妮抽泣着说，这想法你跟叶小枚说过吗，她答应吗？

赵林说，我不用跟她说什么，别以为我这想法全是为她好，别把我想太伟大。我也是为自己。我就觉得我时间也不长了，就算运气极好，瘤子不长了或者长得慢，肯定七老八十是活不到了。我觉得我都没为自己活过，我不想再为难自己了，我也不想再照顾叶小枚了，这样轻松一点，说不定我能多活两年。你以为呢，我之前从来不乱搞的，我也出去约炮了。虽然觉得也没啥意思，起码我也试过了。然后我就觉得应该跟叶小枚离婚了，没人管，我自己混混得了……

何妮妮说，你觉得你这心态健康吗？

赵林说，我觉得再健康不过了，我又不跟人添麻烦，我就是不伺候了而已。我不伺候了还不行吗？凭什么啊？我活着就该伺候别人啊？

何妮妮哭得说不出话来。赵林看着她眼圈也有点湿，可前面一激动说得太猛，也不知道该怎么收场，就僵在了那里。

何妮妮哭了一会儿，又问，你现在身体怎么样？赵林说，没事儿，现在没事儿，除了偶尔偏头痛，没有任何问题，健康得很。这些话，你一定不要告诉叶小枚，免得她胡思乱想，现在婚都离了，其实我希望她恨我，这样老死不相往来，她还能安心过完以后的日子，提起我，也无非骂几句，那个没良心的王八蛋。

何妮妮说，你这么想其实是不对的，唉，但我都答应你了，那我不跟她说了。不过，老板，以后我还是做你的朋友吧。这件事我知道了，以后我就站在你这边了。

赵林说，好吧，现在才站到我这边。这事儿，我爹妈离得远，不想让他们知道。你算是除叶小枚之外唯一一个知道的。

何妮妮说，那你接下来什么打算啊？

赵林说，什么打算？没什么打算，就这么过下去啊。我心理建设早就做好了。我找好新工作了，后面就去公司上班啊，上到上不动为止。

何妮妮说，你心态这么好，倒显得我脆弱了，你要是没事儿，那我们走吧，去南京了。

赵林说，别，再坐五分钟。何妮妮问，怎么了？赵林拉住她的手说，我怕你一走出这个门儿，我就崩溃了。妮妮脸一红，又坐了下来，说，你真得好好谢谢我，我跟你说，再没有谁能在这时候陪着你了。

赵林想说点什么，但终于没说出来，只是拉着她的手，摇了又摇。

下楼看到，妮妮还开着过去那辆老飞度。赵林心头又是一阵酸楚。他过去常嘲笑她，买这个车，名字多不吉利，是不是想“飞快地度过一生”。现在他觉得，飞快地度过一生也挺好。人生真是太漫长了，过着过着，遇到一个旧人，就觉得，哎呀你还活着啊，这感觉也挺怪的。何妮妮变化不大，不过长发剪短了，还是瘦瘦小小的，另外就是学会了化妆。五年前她一直是素颜的。赵林要求开车，何妮妮坐到副驾驶，两人继续聊天，何妮妮开始跟赵林讲毕可文这五年来的事情。

和毕可文那天自己说的情况不一样，他并没有发财，这两年生意没有以前好做了，加上上次他自己开公司开一半，搞砸了和几个关键客户的关系，现在只能接一些小活儿，恰好够糊口。五年里，在何妮妮和陈磊分手以后，他俩的关系出现过反复。两人复合了一段时间，但这会儿毕可文的经济情况却恶化了，他连套外环的房子首付也拿不出，妮妮家里根本不同意他们结婚。可两人纠缠了这么多年，彻底断干净也不可能，就转化成了一种类似亲情的关系，一个月能联系个一两次。赵林听了就有些沉默，他才明白毕可文在大仓跟他说的那些全是吹牛逼。他觉得自己已经失去这个朋友了，只是一路无言地开着车。可能他们当天出来得有点晚，下午那场激烈的聊天耗费了他们太多的精力，老飞度上了高速一直“况且况且”的，赵林开过常州就有点不想开了。于是他对何妮妮说，要么我们中途先休息一晚？我实在太累了。何妮妮说，好。

那会儿已经晚上九点多钟，他们在到常州之前，下高速拐进了一个小城市。何妮妮用手机在一个快捷酒店订了两间房。他们到达以后，草草办好入住，下楼吃饭。

酒店楼下的悦来饭店看起来有些糟糕，加上时间晚了，也没人，厅里的灯关掉一半，只有几个懒洋洋的服务员坐在椅子上。他们退出来，用手机查到附近有一个学校，觉得学校门口肯定有吃的，就慢慢走了过去。

这是一间职业技术学校，这会儿不是假期，学校的门口，果然摆着不少烧烤摊、砂锅摊、饺子摊和蛋饼摊。小贩们热热闹闹地料理着食物，吃东西的学生老师也很多。这里虽然都是些破旧的桌椅随意摆着，但看上去却让人心生愉悦。他俩在最大的一个烧烤摊边上坐下，新鲜的未烤的荤素食物串好了放在塑料薄膜蒙好的铁盘上，赵林随便点了一些，坐下来占位子。何妮妮觉得摊子上卖的饮料太少，就去马路对面的超市买水。赵林看着身边的年轻人们，看他们穿着色泽鲜艳的运动服或者是T恤，看他们站着或蹲着，小心翼翼地去咬竹签上滴油的烤肉，看他们愉快地用他听太不懂的南方方言说话……他也看到远处的天空，是暗暗的红色，夜空里没有云彩，也没有星星，只有一个弯弯的月亮，小小的马路是新修的，除了校门口广场的这一片喧闹，并没有太多人或车辆从此经过，这里，像是一个小小的沸腾的美食王国。何妮妮娇俏的背影慢慢从这边走到那边，赵林看着她买了几瓶饮料，又慢慢地，微笑着走回来。两人相对无言，直到吃完食物回房间。

洗完澡靠在床上，赵林又拨了毕可文的电话，仍旧是关机状态。他靠在床上玩手机，过了半个小时的样子，何妮妮发来消息说，老板，聊聊天吧，睡不着。赵林说，当面聊还是消息说。何妮妮说，我过来吧。过了一会儿，何妮妮推门进来，问，橘子吃吗？说着拿出一袋橘子。她已经洗过澡了，头发吹了半干，散在脑后，因为太短，看起来像个俊俏的小男生。她穿着一件极大的T恤，一直遮到大腿，进门后，坐在这个小标间的另一张床上。赵林边吃橘子边说，你刚又下去买的？她说，不是，我包里带的。赵林说，我前面给贾老师去了电话，关机。何妮妮说，我也打了，这个家伙啊。赵林想了想，说，他常德路那个房子，我看布置得那么好，你说他没钱了，是真的吗？何妮妮说，他还欠了我3万块没还哪。赵林不再说话。妮妮开了电视来看，却也没有什么好看的，她只是不停地切换频道。后来赵林慢慢靠着枕头睡着了。

不知道过了多久，赵林被冻醒过来。晚上这房间里挺凉，他发现自己靠着枕头，也没盖被子，电视机还亮着，不过声音关了，画面是电视购物。他现在平躺着睡不着，只有靠着才能睡着，大约也是未老先衰？他回想起那天在毕可文家沙发上的那一觉，心里一阵苦笑。等他起来摸黑上洗手间，发现何妮妮没有离开，而是在另一张床上睡去。她缩在被子里，因为瘦，几乎看不出来。赵林蹑手蹑脚的，怕吵醒她，可他从洗手间出来的时候，她还是醒了，但没有说话，只是翻了个身。赵林忙回到床上躺下。

过了一会儿，何妮妮起来上厕所，回来后，她来到了赵林床边上，说，老板，我冷。赵林掀开被子，她缩了进来。毕可文比何妮妮大四岁，我又比毕可文大四岁。我大了何妮妮八岁，她和叶小枚同年……赵林脑子里这么想着，却不知道如何是好。何妮妮缩在他怀里，用头蹭着他的胸膛。过了一阵儿，他把手搭在她的背上，她没有动，他的手不一会儿就出了汗。何妮妮突然笑着小声说，老板，你心跳得好快。赵林不响。何妮妮又抱紧了他，然后顺着胸膛吻了他的嘴。他再也忍耐不住，只好笨拙地回应过去……

赵林吻何妮妮胸部的时候，她发出了低声的呻吟。然后他顺着她瘦削的腰部一直吻了下去，她全身绷紧，用手紧紧抓着他的头发。因为床单湿了一小片，所以他要进去的时候，她说了句“凉凉的”，于是赵林拖过枕头，抬高她的腰肢。之后，她开始了轻而急促的喘息。赵林的双眼适应黑暗之后，看到了何妮妮眯缝着的亮晶晶的眼。外面有月亮，窗帘布不遮光，月光漏在她脑袋旁边的枕头上，轻轻地摇晃着。对高大的赵林而言，何妮妮太瘦小，他一直控制着自己不把她揉碎掉，尽量显得温柔，直到最后一刻到来，她并拢双腿，紧紧地夹住他，发出类似哭泣的声音，细细的手指抓着他的背，指甲也陷入了肉里。赵林努力延长着这个瞬间，直到何妮妮在他耳边轻轻地说：不要了，可以了。

两人醒过来的时候天已大亮，何妮妮在洗手间里的动静吵醒了赵林。时间不早了，他们没有说话，穿衣洗漱，直到坐在了车里。按照何妮妮指引的道路，又开了几个小时，他们最终到达南京。毕可文家在三牌楼，是单亲，只有妈妈没有爸爸，她妈妈退休后，一个人住在这里。何妮妮按照之前来过的路径，熟练地把赵林带到了一个大型社区的某家人家门口，但敲了半天没有人出来。后来对门倒有个阿姨探出头来，问，你们找谁？赵林说，阿姨，我们找毕可文的妈妈。阿姨说，啊，她出国旅游去了，单位组织的。你们有什么事吗？我可以帮忙通知。赵林看看何妮妮，说，不用了。我们听说毕可文回家了，来找他玩的，他要是没在家，我们就走了。阿姨说，好的，不过好像没有见毕可文回来。

重新开上车，他俩发现时间已是下午，再不走就得留宿了，两人大约都觉得找毕可文已经没有什么意义，商量一番之后，决定直接开回上海。

CHAPTER 6

像一道微光

回程的时候，沪宁线有点堵车，他们到上海的时候已经是凌晨三点。两人开去赵林家以后，收拾停当，一起下楼去全家买关东煮。何妮妮突然说，毕可文肯定不想让我们找到他。赵林说，是吗，你还认识他别的朋友吗？我们明天要么再去找找？何妮妮说，我们别找了吧，他也经常这样的，过一阵子他自己会出来的。赵林说，好。何妮妮又说，我知道他没事。赵林说，啊？你怎么知道的。何妮妮说，他Instagram刚才更新了。赵林说，我Instagram也关注他了，我看看去。何妮妮有点犹豫地说，是他另一个账户，这个只有我知道。说着把手机伸过来。赵林看到一张照片，是灰蒙蒙的天和水面，但看不出在哪里。何妮妮说，现在你也知道了。我以后什么都会告诉你的。赵林说，好，那我也放心了。

关东煮吃完，赵林感觉舒服了一些。他已经很久没有过性事，肚子一饱，人马上就有些蠢动，于是捏着何妮妮的手，厚着脸皮问，你要留下来吗？何妮妮笑了笑，说，我去洗澡。洗完之后，他俩抱着躺在床上，何妮妮说，老板，你离婚了难过吗？不等赵林回答，她又说，我以前特别想知道结婚什么感觉，可后来我知道我跟毕可文结不了婚了，就更别提离婚了。赵林说，没意思，结婚真没什么意思。可离婚还是难过的。何妮妮不再说话。赵林抚摸着她的头发说，小丫头，你不要这么伤感。这样我也要难过的。何妮妮问，你现在难过吗？赵林说，难过。何妮妮说，我也难过的。不过昨晚我们睡了一觉以后我开心了一点点。赵林抱紧她，不知道说什么好。何妮妮挣扎着想要吻他，他翻身把她压在了下面。

何妮妮是第二天一早走的。她走后，赵林觉得房屋一片狼藉，于是打起精神收拾起来。他洗掉床单和被单，理出很多很多旧书、旧杂志、旧电器、旧衣服和旧鞋子。他一件件翻过，然后把它们统统打包，丢到了楼下的垃圾桶里。等他回身上楼，便从正对垃圾桶的窗口看到，不知从哪里冒出来几个中年男女，细细地把他丢弃的旧物一件件检视，拿走。他们还有一个手推车。赵林有些愕然。过了一会儿，他打开窗户，把他们叫了上来。

这里是赵林早年在上海买的小房子。离婚后，北京的大房子给了叶小枚，这栋小的他自己留了下来。北京大房子的贷款按照约定还需要他再还两年，上海的这套则因为在遥远的郊区，价格相对较低，已经于多年前还清。但这里有太多叶小枚的痕迹，回上海后，赵林自己收拾了几次，但都没有做彻底。现在他卷起袖子，指挥着这几个收废品的工人，说，这个，这个，还有这个，你们全部搬走……两个小时后，房间变得空旷、整洁。他对自己说，姓赵的，你要重新开始。

这趟寻找毕可文的旅程，因为与何妮妮的意外关系，给了赵林些许重新生活的勇气。人是很奇怪的动物，他们喜欢定义彼此的关系，贴上标签，有时不弄清楚这一点，他们就会痛苦。但当彼此之间的关系复杂到他没有能力弄清楚的时候，他也会放弃。比如现在赵林知道何妮妮有一个外籍男朋友，比如因为叶小枚的关系，他并不能跟何妮妮真的成为男女朋友，可这两天两人之间的关系又发生得那么自然。赵林倾向于认为这是两个受伤灵魂因为彼此安慰而获得的一点温存，乃是真正的弥足珍贵之物。

收拾完房间，赵林翻出手机，躺在沙发上看近期的机票价格，时近十一假期，机票普涨，他决定不再外出旅行。想着接下来要开始工作，他打算调整作息，锻炼身体。事实上，促使他作出这个决定的另一个原因也是何妮妮。在与这个小自己八岁的女生做爱的过程中，赵林感受到了自己身体的苍老。他回想自己早年跟叶小枚或者其他女生的一些性经历，觉得这种下降显得那么不可避免。焦虑感紧紧地抓住了他。

郊区可供选择的健身房不多，最后他在大学城边上的小镇，选了一个看起来相对干净的。2500块一年，还带游泳和一节赠送的私教课。从此，每天清晨7：30去跑步，跑完吃早饭，早饭吃完回家看书或者电脑，下午三点午饭消化停当以后，他去健身房游一个小时泳，再做一些力量训练。那个有点吵的私教，早早地被他赶走了。

晚上，趁着运动过后的那一点愉悦和乐观，他会坐地铁到市区。有时有目的，比如去看电影，看话剧，逛大卖场；有时没有目的，他就是在一些繁华的区域走一走。这是他多年上海生活留下的经验。在移去北京之前，他一直住在上海的郊区，除了上班，从不进城，这难免让人觉得冷清，他也常常跟人说“自己并不生活在上海”。后来有了叶小枚，她要求周末一定要进城一次。叶小枚喜欢市区，她直接把郊区叫“乡下”，总是说“我才不要一直在乡下待着”。过去他会觉得叶小枚烦人，可这会儿，他走在原法租界的一条小路上，没来由地一阵心痛。

看着自己的气色在镜子里渐渐好起来，时间已经过去了一个月。像赵林这样没有什么健身基础的人，稍微一认真运动，总是会有立竿见影的效果。这一个月里，他跟何妮妮偶尔会发发消息，但没有见过面。他也担心被何妮妮的那个外籍男友——一个叫佐藤的日本人发现。一个周五的下午，他有点熬不住，就给何妮妮发消息问：“明后天有空吗？来松江陪陪我？”何妮妮没有回复他。他一直等到周五的晚上，最终没有回复。他略微有些羞愧，也有些气恼，直到第二天上午睡醒过来，才略微平复。从那天起，他决定不再主动去联系何妮妮了。他老老实实地翻出电脑里的旧AV，自行解决。在这个过程中，他看着这些年轻时候下的老片子，又会有一丝伤感，常常半途而废地停下来，不知所措。

而这种没有目的、没有压力的生活总是过得很快，因为它轻逸而不真实。赵林是在“双十一”以后入职新公司的，新公司叫WH，隶属于一个国际传播集团。之前在北京，他因为想摆脱叶小枚回上海，找工作找得相当迫切。他觉得自己一天也没法在那边待下去了。WH北京通过猎头拿到他简历以后，迅速接受了他，可面谈的时候发现他要去上海，略有惊讶。上海没有VP级别的职位，他最后甘心自降一级，做了BD。入职体检的时候他有些忐忑，但后来发现公司并未集中组织体检，而是让他自行提供三甲医院的体检报告，他松了一口气，得以顺利入职。

新工作的地点在淮海西路，离育音堂不远。有时中午找地方吃饭的时候，会经过那里。赵林坐在出租车上等红灯，看着面前的斑马线，想起了失联已久的毕可文。这便是毕可文和同学模仿披头士的那一条斑马线。他也扭头看白天紧闭着门的育音堂，他意识到自己在这个城市总是不断地被回忆湮没，以前他并没有这么善感。这场疾病，这次离婚，似乎使他改变了太多。

广告公司BD的工作主要是业务拓展，同时在重点的业务中做一些日常支持。相比较VP，少了不少管理的事情，但已经是业务部门的顶点。赵林应付这些东西并不头痛，但也实在没有什么新鲜。原有的甲方客户，现团队已服务多年，项目执行轻车熟路，留给他指点的空间不大。他梳理团队之余，把精力放在了新业务开拓上。而且很快他就发现，在公司内部还有两名前CC公司的同事，一个是创意部老大吴明，一个是IT的负责人王浚。赵林在CC的时候和这两人都不熟，但也彼此知道，如今重遇，还是有一种他乡遇故知的感觉。三人经常一起午饭，吴和王提供了不少信息支持和帮助，也使赵林得以快速地融入。

和以前一样，在介入项目管理的时候，赵林仍旧常常需要跟创意制作部门密集沟通。创意部有一个瘦瘦的女动画设计师，叫陈微微，很快引起了他的注意。

在广告公司的工作中，经常需要开头脑风暴会，流程一般是这样的：第一轮，所有有想法的人，挨个说一遍自己事先准备的方案，由主持会议者，在黑板上记下方案要点；第二轮，挨个论证可行性；第三轮，缩小范围……直到确定一个idea。如此循环往复。当时有一个新的业务机会出现，赵林自己接的项目，他牵头组织了一个大型的头脑风暴会，吴明和王浚为表示支持，都带着自己得力的部下亲自出席。会议前一周，他就通知大家准备自己的方案，会议开始后一切也挺顺利，但在轮到陈微微提方案的时候，她居然说了一句“没想好”，就过掉了。这是不同寻常的，一般情况下，一直不发表想法的人，很快就会被淘汰，因为这是没有能力的表现。陈微微是老员工，赵林不知道她是怎么混到今天的。他猜想了几种可能，但没有当场爆发，也是给吴明面子。

但在第二轮开始讨论方案可行性的时候，陈微微像突然活过来一样，喋喋不休，专门挑刺、泼冷水。赵林惊呆了，真是个讨厌的姑娘啊。陈微微明明是个形象思维为主的设计师，却有着极强的逻辑性，她泼别人那些尚不成熟的、天马行空的idea冷水实在是一抓一个准。最后，她的冷嘲热讽把第一轮所有的idea都杀掉了，场面有点冷场。赵林只好敲敲白板，问她，陈微微，你有什么新想法吗？她撇撇嘴，说，没有。赵林说，你到我办公室来一下。然后留下一屋子同事甩门走了。陈微微跟着进了赵林办公室。赵林压着脾气，大致问了一下她的履历，然后试图讲道理，他说了半天之后，总结到“真正有价值的人都是建构自己，而非攻击他人的”，陈微微之前一直看着地板，听到这句话，看看赵林挑挑眉毛，说，是吗？赵林气得半死，说，你先去吧。

陈微微前脚走，吴明就跟了进来，见面就说，赵总，不好意思啊，我们微微一直是这样的……赵林说，是吗？这是给我难堪吗？吴苦笑着说，你不要这么想，她一直这副腔调，大家也都见怪不怪了。别说你，北京的大老板来，也一样。赵林说，我不是小肚鸡肠，她提意见是可以的，她那些话虽然难听，但并不离谱。我奇怪的是，她从没有自己的想法，只说别的同事不好。这样下去，别的同事会不平衡的，影响团队和谐。吴明说，她只是头脑风暴不说话，她是动画设计师，在本职上是非常拔尖的，呃，可以说目前无可替代。赵林问，是吗？吴明打开自己的电脑，点了一个文件夹，说，你自己看看。那是几个动态的DEMO，存在本地的，公司常见的作品集。赵林点开一个个看过去，吴明在边上说，你最早在CC也是做创意的，你肯定懂的。赵林抱着挑剔的眼神看着，起初没说话，后来心里的怒气竟渐渐平息了下来。

这个世界上大多数人都很无聊，为了讨口饭吃，混在各种行业里，"假装"做着一份工作。你也可以叫他们"普通人"，他们可以按章执行，但没有办法解决核心问题，创造性也一般。在广告行业，人们看到的那些糟糕的广告作品常常出自这类人之手。陈微微不是这类人。赵林看完这些作品，马上就明白了陈微微是多么的不同凡响。她作为一个流程中段的动画设计师，在项目执行中，往前能决定核心文案、平面设计和3D，往后能影响后台程序和架构。WH公司为全球一线品牌做的亮点案例中，大部分的核心创意点，都是这个小姑娘在动画设计中给完善出来的。她不会说，但她会做，前后端因为她出品质量的强势，都在跟着她走，并且都走得心悦诚服。而混久的人都知道，这些部门之间互相打架实在是非常正常的事儿。陈微微确实有说别人的资格。她不该是执行者，而是"无中生有"的创造者。

赵林最后指着一副前段时间遍布上海户外广告牌的作品问，这张layout难道也是她出的吗？吴明说，是的，看后面网站和H5你就知道了啊，从layout到动画，到程序后台，一条龙。赵林不说话。吴明又说，我给你看看她的blog？全是自己钻研了写出来的专业文章，在业内很有名了已经。赵林说，好。他们坐下来，继续翻看，这个年代用博客的已经不多了，域名是独立购买的，叫wwchen.cn，背景全黑的，但排版很漂亮。那些文章全是行业的专业知识，有国外设计作品评论，有电影和书分享，还有一些编程相关的文章，一堆代码，赵林根本看不懂。右下角作者介绍的地方，有一个女孩子的照片做成的ICON，显然是微微本人，但能看出她模仿的是David Bowie，照片经过了处理，做得像一张唱片的封套。

赵林说，她这么有才华，为什么开会不稍微分享一下想法？吴明说，我和她共事挺久了，我发现她不太会用语言表达自己，不过做事还是没问题的。赵林说，她骂别人的时候怎么嘴巴那么溜呢？吴明说，她吐槽能力强这个特性不止在工作上，出去玩，出去吃饭，她只要一开口，全是这个样子，我们确实都习惯了，也没有想过为什么。赵林摇摇头说，那好吧，那这事儿就算了。你安排她好好做该做的事情吧，不过，我组织的头脑风暴会以后就不要叫她了。吴明说，好。吴明又说，她人其实还行的，心肠不坏。这么有才华，外面一直挖，可她这个性格，也做不了管理，我们只好给她涨薪水。可毕竟也是涨不过外面挖她的那些的。而且这样的人，如果出去了，留不留在广告行业都不一定的，所以我之前老怕她走。不过她还算念旧，居然一直留着。赵林说，我知道了。

CHAPTER 7

塑料偶像之歌

陈微微这样才华横溢的年轻人，如今在广告行业很少见了。赵林在这个行业十几年，也不过遇到过类似的三四个，且这些人早就不做广告了。有的自己创业做了个APP上市了，有的成了艺术家……不过，嘴像陈微微这么贱的，是完全没有。赵林因为自己没有什么才华，其实很喜欢主动接近这类人，他觉得他们是平淡工作中的“奇迹”，也很愿意跟他们有工作之外的来往。但陈微微呢？他苦笑了一下，摇摇头。

从那次头脑风暴事件以后，赵林平日里不由自主地会多注意陈微微一些。陈微微的头发染成了白色，是所有设计师中最出挑的。她每天的穿戴打扮都不同，干净整洁一丝不苟。只有对电脑的时候才会戴眼镜，细长的手指敲着键盘，显得全神贯注。可就是加班到通宵，她也会回去换了衣服，弄好头发，才来上班。据吴明说，创意部同事们总结过，陈微微的衣服，一天换一件，也能穿满365天不重样，而且她就是这么干的。她不开口，是一个女神；一旦开口，就是在骂人。她动不动就骂新来的年轻设计师是土狗，还给他们起外号；她会吐槽别人头发脏了一直不洗；谁如果淘宝来的东西不合时宜，她也会拎起来嘲笑一番；公司节假日发的福利，她也从不满意，行政部的小姑娘一看到她就绕着走。

她在办公室里的眼神总是飘忽不定。要知道，在外面上班的有礼貌的社会人，在办公区遇到同事，都会目光先交流，再点头说，早。但如果你主动对陈微微这么做，她只会冷漠地望向一边，将你丢在一片尴尬的空气里。但是她跟你打招呼，你如果不理她，她就会丢一堆话过来讽刺你。不过，她确实退出了赵林主持的头脑风暴会，两人便没有了更多的交集。但在吴明代表创意部提报的出品里，赵林总能一眼看出她做的部分。

总体说来，赵林入职以后的工作是忙碌的，千头万绪，都要理顺。有的地方很难，但也不会真的难住他，虽有一些磕磕绊绊，但他最终还是通过了三个月的试用期。他松了一口气下来，同时，为了表示感谢，他让自己的助理去邀请有业务联系的同事，周五晚上请大家吃饭唱歌。

但周五当天吃饭的时候，赵林接到北京一个电话会议邀请，只好临时加班，让助理过去结了个账。第二场唱歌在台北纯K，最大的包房。他赶到的时候，其他人已经玩了一个小时，都已经进了状态，唱的唱，跳的跳。赵林进去的时候，大家发出一阵欢呼："埋单的来啦。"他扫视周围，发现陈微微居然也在。没来由地，他心中一阵开心，就开了威士忌，挨个找大家去碰杯，其实他只是想接近陈微微。轮到陈微微的时候，赵林笑着说，欢迎你来，并把杯子递过去。陈微微看看赵林，第一次对他露出笑容，很豪爽地一饮而尽。接下来无非是一些固定的环节，玩骰子了，做游戏了，对唱了，真心话大冒险了，赵林作为一个混迹广告公司多年的老油条，都玩得轻车熟路，虽然有些厌倦，但也撑了下来。过了十二点，一些有家室、有小孩，年纪略大些的同事开始回家，渐渐就只剩下了一些年轻人，打算唱通宵。临近凌晨一点的时候，赵林已经有点醉，出去上了个厕所回来，发现陈微微在包房门口抽烟。她涂着鲜红的唇膏，衬着雪白的皮肤和头发，美得吓人。

她似乎有点喝多了，冷冷地带着点挑衅地看着赵林。赵林走过去，伸手拿过她抽了一半的烟，吸了一口。她抬头疑惑地看着赵林，赵林低头迅速地吻了上去。陈微微只迟疑了一瞬间，然后开始了她毫无顾忌的回应。两个人像掉进了陷阱的两只野兽，颤抖，喘息，分开了一瞬间又黏在一起。陈微微拉开背后洗手间的门，两人闪了进去。紧接着的，是一个更长更绵密的吻，陈微微的舌头又轻又软，舌尖凉凉的，在赵林的嘴里游动。赵林的手在她的身上摸索着，不一会儿工夫，已经把她剥光了。赵林皱着眉头，一脸凶恶地准备解自己皮带，陈微微看看洗手台镜子里的两个人，突然笑了，说，操，你他妈真要在这里吗？赵林犹豫了一下，但没有停。陈微微拉住他说，不行，这里太脏了。一会儿，我们找借口先走吧。赵林说，好。陈微微说，我真的太醉了。她边说边穿衣服，最后自己闪身从洗手间里出去。赵林在里面待着，用冷水反复洗脸，拍打额头。

等赵林回到包房的时候，几个麦霸同事还在唱着。前面人多，他们看来并没有唱到爽。而陈微微已经不在里面了。他拿出手机，上面有条消息，是陈微微。她说她在楼下便利店等赵林。赵林又坐了一会儿，埋好单，跟同事们告别，就也动身下楼。

从市区到赵林松江的家约要半个小时。陈微微靠在他肩膀上，他不敢扭头看她，只是伸手过去捏着她的手，过程中他有点猥琐地想摸陈微微的大腿，被陈微微推开了。

进门以后，赵林没有开灯，他一把把陈微微顶在门上，再次把她剥得只剩一条底裤。他们就从客厅一直吻到了卧室。最后他把她丢到了床上，自己开始解衣服。他解衬衫扣子的时候，陈微微光着上身坐起来解他的皮带，他低头看她的脸，觉得似乎是第一次在一个女人脸上看到这么明确的欲望。陈微微仍旧是那种带着不屑与攻击性的眼神，强烈的生命力，让赵林觉得惊惧，一股暴力的情绪占领了他的身心，他的动作也跟着粗暴起来，他们像撕打一样的扭在一起。最后他用自己的衬衫捆住了陈微微的双手，还扯破了她的内裤。他挺进去的时候，她一声嘶呜，然后一口咬在了他的肩膀上。她的叫声非常特别，是一种位置靠后的喉音，有一种异常的真诚和投入，让赵林知道了她是发自内心的快乐。赵林心颤不已，觉得这一刻危险得像尖刀，却又无法抑制地要往下坠落。他们像疯了一样折腾着，一次结束，又开始一次，整晚都没有睡觉，除了叫喊声，床的响声，陈微微偶尔的笑骂声，他们没有进行任何交谈。

天蒙蒙亮的时候，陈微微赤裸着，带一身吻痕来到窗前，把窗帘拉开了半张，并毫不在意地趴在上面朝外张望。这里不过是35层楼房的第5层，赵林本想提醒她可能会走光，但终于没有开口。他看到她的后腰上文了一个小小的木马，一点光斑照在木马上，她轻轻地扭动着臀部，开始哼歌。

过去从不爱赤裸身体的赵林，也学她直接从床上起来，走过去。用胯骨在她背后轻轻地磨蹭，木马君，周末打算干吗？微微说，不准叫我木马君。赵林说，好。微微说，我有点事情，下午要去音乐学院附近。赵林说，我能一起去吗？微微说，你去干吗？赵林在背后抱住她。微微叹了口气，说，好吧，不过我不是去玩的，不确定你会不会觉得无聊。赵林说，想甩掉我没有那么容易。陈微微转过身来抱住他笑，说，放心，我还没有玩腻之前，会对你负责的。赵林也跟着傻笑。陈微微拿起他的胳膊，一口咬在上面。赵林装作无动于衷，默默忍着。过了一会儿，她松开口，看着那个几乎破皮的牙印儿，又说，这段时间，你是我的，这是你的戳，凭戳上床。

这个季节的梧桐树很美，它们夹岸而生，赵林坐在车上，觉得街道是疾驰的河流。陈微微的白头发被窗口的风吹得飘起来，他伸手过去抚弄，她摆摆头，把他甩开。从那时起，一匹小马的意象便不时从赵林脑中生出，在陈微微的位置上，若隐若现。它们年轻、英俊、结实，仿佛是一体。后来赵林渐渐知道，陈微微是个运动能力很强的人，她跑步、游泳、做瑜伽、练拳……她随时可以high起来，在马路上、餐厅里爽朗地笑出声来。而赵林的衰老拖累着他，即使没有疏忽锻炼，在她面前他也显得力不从心。在整个生命节奏上，她令赵林追得气喘吁吁，勉强才能跟上脚步，且仍然显得猥琐而虚弱。

从松江到音乐学院大约用去了四十分钟。下车后，陈微微熟练地带着赵林在一个老小区里穿来穿去，赵林愉快地跟着她。那时，他们初交的激情尚在，紧紧拖着手用力地走着，皮鞋踩在石板地面上，发出的声音也显得自信而热烈。小区的一个树丛边上，是地下室的入口，陈微微说，下去。赵林先往下走，听到下面传来一些尚不能分辨的嘈杂声。然后他们走进了一个烟雾缭绕的走廊，陈微微冲到赵林前面，推门进了左手边一间屋子。

三个年轻小伙子蹲或坐着，在一些乐器中间。看到陈微微来了，一一过来与她击掌。陈微微没有介绍赵林，那几个小伙子自来熟一样地跟他握手。陈微微说，好了，一边儿呆着吧。赵林讪讪地在一边坐下，看他们关了门，拿着电吉他，贝司，键盘，架子鼓，发出震天的轰鸣声。陈微微站在一个电子琴后面，有时跟着音乐唱一两句英文歌词，但音乐声太大了，赵林完全听不出她唱的是什么。他们一遍又一遍地试着同一段旋律，直到满头大汗。这么听了有二十分钟，或者更久，赵林有点憋不住，就起身出来。在走廊上一走，发现，这个地下室的每间房间，几乎都租给了类似的乐队。赵林饶有兴趣地把每一间都推开看了看，又退出去。他们有的会看赵林一眼，有的压根儿不在意。后来赵林打算上到地面去买几瓶水。走上台阶，发现地下室的声响大部分便不能传递上来了。心想，这倒真是个排练的好地方。这时段天色将晚，小区里的老年人们拎着菜正在回来，还有些在树下打牌，他们安详地说着话，怡然自得。与之相比，地下室里年轻的喧闹简直是在外星。

回到排练室，那三个男的在休息，陈微微抹着汗，坐在架子鼓前面敲。赵林拿买的水给他们喝，又问陈微微，你还会打鼓？你是乐队的什么角色？陈微微抬抬下巴，说，烦，你边上去。赵林问，乐队叫什么名字？陈微微说，你是我妈吗？说着用鼓槌戳了他一下。后面一个穿肥大T恤的男人说，我们叫Plastic Idol，塑胶偶像。赵林不知道该说什么好。陈微微敲着鼓大声说，你要是无聊，可以先走。赵林说，你还要多久？陈微微说，还得两三个小时。赵林说，那我出去转转，你好了联系我吧。陈微微说，好好好。

赵林出来后百无聊赖，只好又给何妮妮发了个信息，何妮妮没有回复，他又打毕可文电话，毕可文还是关机。赵林最乐意见的两人都没有信儿，他只好不断地翻着手机通讯录，最后发现他在上海找不出一个可以供周末下午聊天之用的朋友，于是只好自行坐地铁回家。回到松江，他想起之前一直没有开的信箱，于是打开来，整理旧信。广告、对账单、水电煤，他一张张拆开，核对，最后一一扔掉。最新的几封，却是叶小枚从北京转寄来的房贷对账单，他没有撕开，看看发件人的姓名，径直锁进了抽屉。他补缴了物业费，到附近超市给冰箱补充了食物。做好晚饭，忙到天黑。当天陈微微并没有联系他。赵林拿着手机，犹豫再三，也没有联系她。

CHAPTER 8

敲响黑暗之门

星期天，赵林起床一个人进市区。没有目的。下了地铁，过斑马线的时候，他抬眼望见对面的街头人潮汹涌，心中没来由地升起一阵疲倦和恐惧。他就这么脑子一片空白地想着，在马路上一阵乱走。走了半个小时的样子，他发现此地离大仓已经不远。无路可投的此刻，他孤独得像个溺水的人，一头扎进大仓。

恰是非营业时间。老板娘坐在玄关，谭老板在酒柜里趴着不知道干吗。看到赵林来他直起身打招呼，一位？赵林说，一位。便径直在吧台坐下。谭老板说，喝东西？吃点啥？赵林说，一听干姜水，先不吃什么。谭老板把干姜水准备好，问他，赵总，上次跟你一起来那朋友呢？赵林说，好久没联系了，不知道哪去了，我还在找他呢。谭老板说，噢，怪不得，他之前常来的，但最近一直不出现。赵林心不在焉地说，是吧。谭老板不再搭话。又过了一会儿，谭老板说，赵总，上次来之前，很多年没有来我们店了啊？赵林说，是啊，有五年了。谭老板说，上次来我就觉得你面熟。赵林说，前面几年我离开上海了。谭老板说，啊哟，上海这么好，干吗要走呢？赵林说，上海是好啊，这不是回来了？谭老板说，以后就定居了？赵林说，也说不准。谭老板问，房子买了吗？赵林说，房子有。谭老板问，结婚了吗？赵林说，没有。想了想又说，离了。谭老板看看他说，哎哟，我说呢，小伙子人这么帅气，怎么有点消沉，原来是为这个，来，不要喝干姜水，我请你喝酒怎么样？赵林说，那谢谢谭老板了。

谭老板回身拿过一大瓶清酒，上面写着“獭祭”“三割九分”。然后招呼厨子说，随便弄两个下酒菜。赵林说，谭老板，不要太复杂，我不好意思的。而且我不大喝酒的，这么大一瓶，怕是喝不完。谭老板说，看你说的，你是老客人，这算什么。你尝尝看，这个不是白酒，这是米酒，度数不高。说完他拿出两个四方的木头酒盏，倒满，一杯给赵林，一杯给自己。他拿着杯子朝赵林晃晃，赵林晃回去，手有些抖，喝的时候，有几滴滴在了衬衫上，像几滴眼泪。赵林心里一酸，说，谢谢。谭老板点点头。

过了一会儿，厨子端来一盘韭菜豆芽炒猪肝，一盘海鲜猪肉葱饼。赵林默默吃着。谭老板说，上次你一起来的那个朋友，他这些年，一直来我这里的。赵林点点头。谭老板又说，那个小伙子长得帅啊，不是一般帅，有的明星都不如他耐看。赵林笑说，那是。谭老板说，他带过来的女孩子也漂亮。赵林问，他带过很多女孩子来吗？谭老板说，我不太好说，总归是有几个的。那些女孩子打扮得也不一样，也像明星一样——我店里常来明星的你知道吗？赵林说，不知道。谭老板说，东方卫视一些主持人很喜欢来我这里的，踢足球的范志毅、成耀东都来过。赵林说，谭老板的店开得好啊。谭老板说，那个小伙子姓贾吧？还是姓毕？赵林笑了，说，姓毕。谭老板说，我听她们叫他贾老师，我一直也叫他贾先生的，嗯，那些姑娘可真漂亮。赵林说，那些姑娘可能都是模特。谭老板说，是吧。

喝了一会儿，临近中午。但因为是周日，店里没有客人（这里附近都是写字楼，住户少），只有几单外卖。谭老板安排了几个送餐之后，对着已经有点醉的赵林说，赵总，你后面没事吧？赵林摇摇头。谭老板说，我给你试几道新菜如何？今天没事，正好试试菜。赵林说，谭老板，你真是太客气了。谭老板让老板娘挂了店休的木牌子出去，又把灯光调暗，然后在吧台右侧的墙上，放下一个投影幕来。赵林这才看到顶上吊着一个投影仪。谭老板捣鼓了一会儿，放出了一个歌舞片，貌似意大利的，说，这是我从日本带回来的。赵林拿着影片封套看，全是看不懂的拉丁文。但那音乐很悠扬，画面也淡淡的，几个着华服的男男女女有时游园，有时踏青，有时在花丛、溪边追逐。谭老板上了几个没见过的小菜，有胡麻豆腐、南蛮鸡块，几种串烤的拼盘，最后是一个有帝王蟹腿的海鲜锅。赵林说，老板，你太太是日本人吧？谭老板说，是的，她到现在中文也不是太好。赵林说，你们交流日常用日文？没什么问题吧？谭老板说，没什么大问题。赵林问，你过去到日本是去打工还是读书？谭老板说，开始一边打工一边读书，后来就只打工，不读书了。赵林不再找话题。两人对着投影幕看。

谭老板喝了两口酒，突然又说，对了，你那个朋友啊，那个贾先生，如果你找到他了，告诉我一声。赵林愣了一下，看看老板。老板说，他问我借了两万块钱呢。赵林惊呆了，说，还有这事儿？谭老板说，是啊，他来得多了嘛，早就很熟了。后来也成了朋友。他之前说他开公司了要，我当入股，给他投了两万。现在觉得不对，他连真实的姓名都不告诉我。赵林说，他应该也没有骗你。他英文名叫Justin，我们确实也叫他贾老师。不过他大名叫毕可文。谭老板说，怎么写？赵林说，毕竟的毕，可以的可，文化的文。谭老板说，他公司做得大吗？赵林支吾着说，我也不知道，这个家伙啊，那个，我一联系上他，就来告诉你。谭老板酒喝得脸通红，一定要加赵林的微信。加好以后，仿佛图穷匕见，两人之间的气氛迅速变得乏善可陈。他们默默吃着，不再说话。吃了又不知道多久，那投影上的片子，男男女女已经解衣睡在了一块儿，背景音乐也更加抒情。谭老板进厨房去收拾，赵林猜着这顿招待的价格，在桌上留下了500块钱，独自离去。

那日本酒后劲很大，赵林此时已不胜酒力。他再次短信联系何妮妮，仍旧没有回应。于是他直接拨了陈微微的电话。陈微微让他在原地等着她过来接。他强撑着坐在路边公交车站的长椅上，昏昏欲睡。大约十几分钟，陈微微出现，把赵林拖上出租车。赵林最后的意志力终于崩溃，就此睡去。

醒来的时候赵林发现自己睡在一张香喷喷的床上。环境是陌生的，被单是宜家的，这个花色他自己之前也买过，但叶小枚不喜欢，后来就锁在柜子里没有用过了。他翻了个身，看到陈微微坐在床边上一台巨大的MAC一体机前，背对着他。他直起身来，说，对不起，打扰你了。陈微微说，哟，醒了啊。说完翻身上床，扑到赵林面前，乐呵呵地看着他，你重死了你知道吗，我好不容易才把你拖上来。赵林说，你一个人把我从出租车里拖上来？陈微微说，没有，你以为我是绿巨人啊。我请出租车司机帮了忙，多给了30块哪。赵林不说话。她问，你干吗大白天的喝醉啊？赵林说，去吃饭，那家店老板请我试菜。陈微微说，你也认识那家店老板？赵林说，认识啊，难道你也认识。陈微微笑着说，我这里离那家店挺近的，那老板这么爱聊，能不认识吗？赵林也笑，说，我去洗个澡。

陈微微这套房是间很小的一居。进门是客厅，左边一间卧室，一间洗手间，右手边是厨房。洗手间的淋浴房仿佛是为陈微微自己量身定制的，空间极小，赵林在里面几乎无法转身。洗完出来，他叹了口气，说，进一趟你的浴室，觉得我都得减肥了。陈微微看看他，说，你是骨架太大，不是胖，减肥也没用。对了，你还想吃夜宵吗？赵林说，现在几点了，陈微微说，九点半多。赵林说，算了，太晚了不吃了。接着犹豫了一下问，我今晚能睡这里吗？陈微微说，哈哈，好的。

赵林穿上衣服，在陈微微的客厅里晃悠，大声问，买的还是租的？陈微微说，租的，我才不买。赵林最后选了长条沙发的一端坐了下来。他看到桌上有一包骆驼，想着好久没有见过这种烟了，于是点了一根抽上。抽完一根，他靠在沙发背上发呆。过了一会儿，他听见陈微微在卧室用电脑放起了音乐。然后她从里面出来，面对面跨坐到赵林身上。陈微微抬起头，他们开始接吻。她慢慢脱去自己的蓝衬衫，发出轻轻的喘息声。赵林感到她胸前的柔软贴上了自己的胸膛。她的胸部不大，但形状很好，柔软的顶端颜色粉红，轻轻地磨蹭着赵林的身体。赵林弯腰低头，想去吻那两粒粉红。陈微微把他推开，又把他的手固定在沙发背上，低声说，不许动，让我来。没一会儿工夫，她已经把赵林脱得精光，开始一寸寸地吻着，用牙齿轻轻重重地噬咬。最后她把自己脱光，笑嘻嘻地坐了上来。

陈微微这方面的技巧超过了赵林之前有过的所有女人。但对于她的过去，她不说，赵林也从来不敢问。赵林有点怕她，也有点怕她的过去。他有时会猜想，她的这些招数是从哪里习得，但明白这也是没有结果的瞎想。后来他调整心态去称赞她，她就笑笑。在遇到陈微微之前，赵林觉得自己衰老，也不觉得自己这方面精力过人，但陈微微显然很懂得如何扰动他的荷尔蒙。每一次，他才软下去没多久，陈微微都有办法让他再硬起来。他们在一起的时间，除了极少量的言语交流，几乎一直在做这件事。陈微微对于性的投入度极高，过程中称得上忘乎所以，也能准确找到自己的需求，获得满足。结束后她也不像别的女人那样拖泥带水、柔情黏腻，该洗洗，该吃吃，快快活活。

赵林以她为鉴观照自身，发现自己倒是经常在其间走神，也很难作出准确的情感表达，他常常看着陈微微欢欣地大声喘息，指挥自己这样那样，心中非常羡慕。陈微微热烈的情绪，身体上细致的反应，赵林都能以一种初学者的心态细细体验，观察，以便作出合适的反应。赵林曾不甘示弱地再次将陈微微捆绑在床头，就像他俩第一次那样，更尝试过主奴之类的角色扮演，试图通过仪式感去征服这个女人。但是在陈微微的世界里，性就是性，她虽然演得投入，穿上衣服后却能立马恢复冷漠。她有一种赵林无法掌控的强大。赵林钦佩这一点，他慢慢倾向于认为，陈微微是一个优秀的天才，在工作方面，音乐方面，性方面，还可能有很多他不知道的方面，她都能做得很好，而这些现象的本质，都指向一个理由，那就是她蓬勃的、无法比拟的生命力。

在单位，为了避免麻烦，赵林和陈微微维持着地下情的状态。有时赵林来到创意部，经过陈微微的区域，他表情严肃地看她，发现她总是同样表情冷漠。他一会儿想她在想什么，一会儿想知道她对着电脑在看什么，一会儿又想起她昨夜在自己身下浑身发抖，忘情地叫出声来。他被她迷住了。

天渐渐冷起来，WH上海公司组织了一次外出旅行，是去附近一个温泉。由于温泉房间紧张，都是两个同事凑一间。和赵林同屋的是另一个业务部门的leader。他只好与这个男人同进同出。他和陈微微在集体活动中互捏手心三次，暗地勾脚四次，也找不到机会单独相会。没想到培训最后一天，大老板从北京飞来，要借此机会给上海员工做一次培训，地点在这个温泉酒店的大剧院。赵林这样的高层没有被强制参加，所以他在培训开始半小时后才悄悄走进会场。他发现前面的位置已经坐满，陈微微独自坐在倒数第三排，离她最近的同事也隔了两排。于是他弯着腰凑过去。那会儿，台上的老板刚结束了一个段落，回到后台喝水，全场暗灯，屏幕上放着一个三十多分钟的公司案例VCR。

赵林偷偷捏住陈微微的手，她一声不响，直视前方。过了一会儿，赵林把手放在了她两腿之间。她抖了一下，没有把他推开。赵林用余光看了看四周，最后把手伸进了她的内裤里。陈微微坐在椅子上，往下溜了一点点，但表情仍旧似笑非笑地盯着屏幕。赵林加快手指的动作，大约四五分钟之后，赵林的手臂已经酸痛得不行，而陈微微浑身上下终于开始了剧烈的抖动，她的双腿紧紧夹住他的手指，低声说，停在那里，不要动。赵林感到一股水流从她身体里涌出来，她的脸和脖子开始泛红，一下一下地抽搐着，大约十几秒钟的样子。最后她松开腿，赵林把手抽了回去，然后故意望着她，把手指放在嘴边，舔了一下。她小声嗔怒，你这个流氓！又过了一会儿，赵林假装打电话外出，离开了培训现场。

CHAPTER 9

你在另一条船上

到培训结束，他们没有机会再相处。即使迎面相对，陈微微也还是像之前表现的那样冷漠。但一种奇妙的热情已在二人之间。回上海以后，赵林已不太回郊区的家，而是夜夜去陈微微的小房子里欢会。

这种愉快的生活一直持续到过完元旦。这段时间里，赵林和陈微微每个周末都会选一个五星级酒店去开房，然后过上不下床的两天。和平饭店、朗庭、璞丽、柏悦、悦榕庄、丽兹卡尔顿、四季……他们二人的收入都不低，可全花在了开房上。

元旦恢复工作第二天，消失许久的毕可文居然出现了，他约赵林晚上打桌球。赵林接到他的电话很开心，晚上和陈微微打了招呼，说“一个老朋友约我见面”。不过其实报不报备都没关系，这是叶小枚要求出来的习惯，实际上陈微微从没在意过。她只说了声“噢”。她永远有很多自己的事情要忙，并不会因为男人不在而空虚。

按照毕可文说的地方，赵林赶到了长寿路的一间桌球室。那间桌球室非常奇怪，在一个底层完全没有租出去一间的商业物业三楼。由于大门不开，赵林只能从消防通道上去。一层二层没有灯，乌漆墨黑，一点光从三楼漏下来，但还是要扶着楼梯才能走动。到了三楼的楼梯口，会劈面看到一个小小的霓虹灯，上书“伟豪桌球”。赵林走进去，看到里面的人多数是外面在街上不大看得到的文身青年。整个台球室灯光昏暗，只有每个台桌上方有一个放得很低的白炽灯管，把桌面照成明亮的样子。但台球桌居然很多，而且几乎爆满。最里面只有一台空着。赵林订了台，在桌边等毕可文。

比约定时间晚了二十分钟的样子，毕可文来了。他笑嘻嘻地迎上来，赵林忽然想起自己和何妮妮睡过，心里也不自在，就没有责怪他上次不告而别。他说，你小子，到底跑哪儿了？毕可文说，临时有事啊，来不及通知你，就进了一个组，一飞就是深山老林。赵林说，你这么忙，到底现在挣钱吗？毕可文说，挣钱啊。赵林想问他借别人钱的事情，想了又想，开口却变成说，我刚到WH，还没站稳，等站稳了，再给你发点单子。毕可文笑笑，说，好啊。一副不是很在意的神情。两个人一盘盘打着，毕可文很认真，赵林心不在焉，一直输。过了一会儿，毕可文把台球杆一丢，说，不打了，没意思。赵林说，怎么了？毕可文说，你以前水平和我差不多啊，现在你太烂了，根本没法打。

赵林有点恼，脱口问道，你怎么借钱借到谭老板头上去啊？毕可文愣了一下，说，谭老板跟你说的？赵林说，是啊。他为了和我说这个事儿，还绕了大圈子请我喝酒，说你回来了得告诉他。毕可文冷笑了一下说，他倒急得很。赵林问，到底怎么回事儿？毕可文说，你不要管。赵林说，你是想我以后都不去大仓吃饭了吗？毕可文说，上海日料那么多，他的东西很一般咯。赵林黑着脸不说话。毕可文又慢吞吞地说，一开始是他追着我要投的，后来按照约定本金也还了，他现在要的是他自己算出来的分红。赵林说，他投了你之前的摄影工作室？毕可文说，不是，他投的是我的淘宝店。赵林惊道，你还有淘宝店？卖什么？毕可文说，一个朋友转给我的双皇冠。啥都卖，多数是卖点衣服。赵林说，你还有多少事我是不知道的。毕可文一笑，你不要理谭老板，我会找他的。赵林点点头，心里觉得毕可文越发陌生了。

从桌球室出来，在毕可文的建议下，两人一起走路步行去毕可文家。毕可文抽着烟一直在骂骂咧咧地说谭老板，说他钻到钱眼里了，说大仓一直不盈利，他整天想着怎么把店盘出去，然后拿钱去投各种奇怪的项目，收不回来的一大堆。最后毕可文说，老赵，你也记得不要跟太焦虑的人合作，他们会把每一个身边的人都弄得像救命稻草。赵林没有理他。

毕可文家还是之前那副样子。但一进门，毕可文就对赵林说，给你试点好东西。说完，他拿出来一些碎的、装在信封里的草，然后把烟叶和这些草混在一起，卷成烟卷的模样，递给赵林说，来，试试。赵林狐疑地看着他。毕可文自己先抽了起来。赵林轻轻地吸了几口，觉得一阵头晕，于是不再说话。不一会儿工夫，赵林又沉沉睡去。睡前听到毕可文说，没劲透了，你这个中年人，就知道睡觉。

赵林醒来回到陈微微家的时候，已经是凌晨三点。陈微微独自躺在床上没有睡着。她扭过来抱住赵林，说，好大的味儿。赵林说，朋友给卷的。陈微微说，没想到你还有这种朋友。赵林说，是啊，年轻时的朋友。陈微微问，男的女的？赵林说，男的，别瞎猜。陈微微笑，男的我才担心，扭过来让我检查一下。说完伸手来摸赵林屁股。赵林笑着说，滚。陈微微扭动着贴上来，滑溜溜的，像一条缠人的蛇。赵林不知道前面的药劲儿是不是没过，就觉得整个人在从一个黑洞里往下掉，掉啊掉啊，直到什么也抓不住。

临近年底的时候，WH公司更加忙碌了，这是广告业常见的节奏。既有的客户，会在这段时间定下来年的预算和计划，潜在的客户，会在这段时间公布招标的信息。在服务现有客户的基础上，每个公司都会为了新的客户，组建竞标团队，也就是常说的“比稿”。在大老板的圈定下，上海公司也组建了六人比稿小组。以赵林为首，带两个客服、一个策划、一个设计师、一个IT。平面设计师都忙着做日常执行，在赵林刻意的安排之下，陈微微被拉进了比稿小组。

他们接到的第一个标，是广州一个尚无知名度的泰国香米品牌。准备得差不多之后，即在一周后奔赴广州。

酒店在天河区。团队中除陈微微之外，其他均是男性，于是赵林和陈微微得以单独各有一间房，其他四个男生两两捉对入住。赵林作为leader独自住行政楼层，其他人在同一楼层。每天，所有人先在赵林的房间一起开会，讨论方案，最后大家四散而去分头准备。休息的时候，陈微微洗好澡自行悄悄上来敲赵林的门。他们先上床，上好了叫酒店送餐进来，之后陈微微再独自下去。一连几天，陈微微快快活活，对赵林的一切安排毫无微词，下楼之后总还独自一人去酒店游泳池游泳。凭着她的出色创意，和WH公司的优良资质，这单业务得以拿下。赵林作为坐镇指挥的人，也得到了上级的嘉奖。

拿下业务之后，WH公司计划在广州搭建服务团队，在团队招到本地人之前，原先参与比稿的人一直上海和广州两地飞行作业。赵林顺理成章地找到借口，把陈微微单独带了出来。其实他们已经每晚睡在一起，但对彼此肉体强烈的欲望让他们不断地寻求新的刺激，这其中就包括了更换地点。他们虽然开了两间房，但另一间只是掩人耳目，在业务之余，除了必要的应酬和吃饭，他们天天睡在一起。直到有天凌晨，赵林白天喝多了咖啡，夜里起来上厕所。他发现陈微微的手机忘在了洗手间里，在他准备冲水的时候，有亮光轻轻一闪，陈微微的手机来了一条短信息，上面显示的名字是毕可文。

赵林愣住了。拿起手机一看，上面是："我好难过，你怎么不理我"。陈微微的手机没有锁屏密码，赵林打开来，翻看着他们的聊天记录，发现毕可文和陈微微经常聊天，而且认识很久。他快速地翻着，囫囵吞枣又反复回想，就这样，待在洗手间里看了有半个多小时，其间他常常还要担心陈微微突然醒来。赵林又紧张，又难过，仿佛一手握着自己的心脏，一手握着尖刀反复在上面比画。最后他想起了毕可文的骆驼烟，以及《谢宣城集校注》扉页的那个"WW"的签名。

陈微微，或者说虹口区狡兔少女。她认识毕可文很久了，而且他们从来没有断过联系。赵林早该想到的不是吗？陈微微和毕可文并不以男女朋友相处，只是偶有肉体关系，这么多年了，这关系是如此牢固，一切迹象都表明，赵林才是外来者。赵林根本没有生气或者说质问这一切的理由，可他还是非常难过。此时此刻，他唯一的稻草无非是——自从他出现之后，陈微微并没有再见过毕可文，两人只是偶尔调情几句。但这两人之间心灵距离的贴近，彼此对话所能涉及的深入程度，让赵林觉得自己永远也无法抵达。他从来没有见过陈微微有丝毫的悲伤。在他面前的陈微微，完美、坚强、乐观、能干，无论工作中，生活中，都非常地游刃有余。没有赵林，她仍旧是完整的。她从未在心理上需要过赵林，她只是和他一起玩乐，让彼此开开心心。她看起来没有什么不满，可赵林终于知道了自己为什么不满。

更令赵林有点难以接受的是，毕可文知道赵林与陈微微的关系。就是那次奇异的桌球约会之前，可当面之时，他并未向赵林透露这一点。现在，赵林分明有一种感觉，那就是毕可文和陈微微在一条船上，他在另一条船上，现在风平浪静，两条船并肩前行，可一旦出现风浪，无影无踪的，只会是自己。

最终，他决定当今晚的事情没有发生过。他删掉毕可文当晚发来的最后一条消息，然后把手机放回原位，之后噩梦连连地睡去。

CHAPTER 10

冷漠与热情之间

赵林和陈微微在广州接下来的工作还得有两天才能结束。赵林实际上情绪已经崩溃，但他竭力地把持自己不去爆发，然后尽量把注意力集中到工作。这让他变得疲惫而易怒，因为一点小事儿，他在电话会议里把上海的策划同事给骂哭了。线上的其他同事们不明原因，可也不能多问。唯一在他身边的陈微微，却一副事不关己的模样，他不禁心中一阵刀绞，他觉得自己明白了陈微微那种冷漠的来处，可那又根本不是他愿意接受的。

最后一天，赵林给过于忙累的团队休假，然后和陈微微到小蛮腰（广州塔）一带瞎逛。他揽着陈微微的腰，仿佛才意识到身边的姑娘有多好。过去在路上，两个人从不这样。陈微微忍着没有发作，有点奇怪地看看他说，你轻一点，不要揽那么紧。赵林不说话，看着前方，他不知道自己的表情看起来非常吓人。陈微微说，你这两天有点怪。赵林欲言又止。陈微微突然又说，不想说就算了，没关系。赵林说，我们还是回去吧。陈微微说，好吧。

回到酒店，二人在床前站定，赵林照例吻上去，可有一些东西似乎消失了。陈微微的反应并无变化，但赵林觉得自己变得更柔软，更卑微，变得没有办法再用热情去点燃身边这个女人。他只好尽量地温柔，尽量让前戏的时间拖得更长。然而没有用，他发现自己浑身冰冷，手心全是汗。他的头有点痛，他想起许久没有主动提醒过他的那颗深藏脑中的肿瘤，心几乎要从胸膛里跳出来，他没有办法完成这件事了。

赵林沮丧地穿回衣服，坐在落地窗前，一言不发。陈微微在床上躺了一会儿，最后过来吻吻他说，没事儿的，我们这段时间真的做太多了。赵林摇摇头。陈微微说，我先下去自己房间了。赵林说，好。他忍着让眼泪没有掉下来，直到她关门出去，发出"咔嗒"一声。他不知道他们是不是完了，但他觉得应该是这样。

从广州回来上海，赵林跟公司请假，在周末前后多请了两天，凑了一个四天的小长假。他回了他郊区的小房子，然后跟陈微微打电话说，我想收拾点东西彻底跟你住在一起。陈微微在电话里说，好啊。可赵林不知道自己为什么要这么说。他在小房子里的第一晚完全睡不着，最后他实在没有办法，就给自己灌酒。酒精能让他昏过去一样睡满六个小时。之后他开始收拾东西，告诉自己："我要住到微微家去。”

在夜晚，赵林再次陷入崩溃，他给何妮妮发去消息，求她见自己一面。何妮妮这次吓了一大跳，直接回电话来，关切地问他到底怎么了，他吞吞吐吐，说不清楚。最后她说，你等一等，我安排一下，过去你家。

何妮妮到的时候已经是晚上十一点。她进门就嗔怒着说，老板，你这是怎么了？我跟男朋友撒了谎才过来的。赵林说，我失恋了。何妮妮说，跟谁啊？赵林说，你不认识。何妮妮说，那怎么办，出去转转吗？赵林虽然很累，但也实在是闷得不行，就说，好的。何妮妮穿了一件灰色的毛衣，配紧身牛仔裤，外面罩着一件藏青色的呢子风衣。看得出她细心地化了妆。她皮肤白皙，艳红的唇膏衬得整个人面目鲜明，赵林不住地打量着她，与上次见面相比，她的头发又长了。两人一起下楼，赵林的心情平复了一点点，出来看到她的老飞度洗过了，停在一个露天车位上，干干净净。赵林说，还是我来开吧，我们去江边转转。何妮妮说，好。

他们开着车，大约三十码的速度，在马路上缓缓前进。这里离江边已经不远，有空旷开阔的马路，新栽出来的树木，有的地方开发出了新的楼盘，但大部分路边都还是种着庄稼的田野。赵林开了一会儿，问道，最近在忙些什么？何妮妮说，在忙着换工作。赵林说，换好了吗？何妮妮说，没有，比较复杂。赵林说，什么情况？何妮妮说，我之前刚闲下来的时候，一个朋友要开西餐厅，差人手，我就在给他帮忙，只拿一点点钱，现在我找到新工作了，想走，但发现他这里现在也没人能顶我，他想让我一直做，我就很矛盾。赵林说，这有什么矛盾的，你走啊，提前跟他说，给一个月时间让他招人。何妮妮说，问题就是他是我现在的男朋友。赵林说，啊，那个日本人啊，那这就复杂了。何妮妮说，是啊，就很烦。你又是什么情况，怎么又失恋？赵林说，我之前是离婚，现在是失恋。何妮妮说，哦，有差别吗？赵林笑。何妮妮说，你可以啊，什么时候谈的新女朋友，我怎么不知道？赵林说，在新公司认识的，才没多久。何妮妮说，说吧，什么事情分的，说出来好受些。赵林说，也没啥，还没分，我偶然看到她的手机，发现她有别的男朋友。何妮妮说，我靠，这不能忍啊。赵林说，当初贾老师那样，你不也忍了。何妮妮说，那不一样啊，毕可文不走心的。赵林说，我也不知道那姑娘什么意思。何妮妮说，能直接问吗？赵林说，当面问多尴尬，而且我看了她手机，我错在先。何妮妮说，唉，老板，让我怎么说你呢，你看她手机是不对，可她脚踏两条船就对吗？你是个死心眼，又不是毕可文那种人，和你在一起玩这一套的女的，就是有问题。赵林说，你也别说那么严重。何妮妮说，我不得帮着你说话吗？说完就显得有些不开心。赵林把车靠了边，停下来说，好吧，我答应你，回头找她聊聊。

晚上，江边风很大。赵林和何妮妮在车外面望着对岸。对岸黑沉沉的，只有一些船发出暗淡的亮光。但不知道为什么，赵林这会儿的心情好起来了，何妮妮美美地站在他身边，像一个真正的朋友那样，让他觉得自己起码不是孤身一人。他忍不住拍拍她的肩膀，说，谢谢你，谢谢你能来。何妮妮说，不用客气，以前我难过，你也听我吐槽毕可文的，我觉得这才算朋友，不然不就是个熟人吗？赵林感动得说不出话来。在以后，赵林曾不断地想起何妮妮的这句话，想起她的帮助。他们之前的关系从那一刻开始超越普通的男女之情，两人之间的性爱后来也显得温馨而互相一无所求，不是为了取乐，更像是一种安慰。次数也越来越少，直到彼此都觉得不需要再发生。

假期的最后一天，赵林带了一个皮箱来到陈微微家。进门后陈微微笑嘻嘻地看着他，他心情稍微好了一些，和陈微微说，我就搬过来了啊。陈微微白他一眼，说，你才走了几天啊？她穿着一条薄薄的长裙，里面空荡荡的，什么也没有穿，穿堂风吹过来，她飘着飘着，回到了位子上接着玩电脑。陈微微爱玩消除类游戏，专门下载了一个，嘀嘀嗒嗒地玩着。赵林开始收拾东西。过了一会儿，陈微微说，我同学结婚，我晚上要去参加一个婚礼，你要不要跟我一起去？赵林说，是很好的同学吗？陈微微说，是的，不然我也不叫你了。赵林说，那去吧，刚好我带西装来了。

然后赵林一个人来到客厅的沙发上待着，想要不要跟陈微微提看到她手机的事情，又想起当初经贾老师之口讲出来的那些他们过往的点点滴滴，他想弄明白自己难过的原因，却因为脑子一团糨糊而总结不好。他似是而非地觉得，陈微微和毕可文之间，有一些根本性的东西，那种东西因为涉及过去的时间，涉及无法重来的青春时光，因而有无法取代的地位。赵林觉得自己永远都无法触及那个陈微微了。而现在的陈微微从哪方面看，都是一个几乎无懈可击的完美女朋友，她不作不闹，不查岗不管束不黏人，有自己独立的兴趣和爱好，工作表现出色，生活技能全面，她还有着完美的健康状况和身体，她烧菜烧得又快又好吃，甚至玩消除游戏也能玩到最高分，她从来没有情绪低落、悲观失望的时候，她总是在用自己坚实的行动和成绩，嘲笑着赵林的软弱和伤感。

赵林多么想变得和她一样硬质啊。而毕可文能看到感受到的，那个有点伤感、有点脆弱，但明显更有情绪、更真实的陈微微呢？她随着岁月去了哪里？赵林突然发现，他和陈微微连互诉衷肠都不曾有过。他觉得自己被隔绝在一个透明的薄膜之中，他用力想突破这层隔绝，但怎么也不能做到，一些糨糊般的混沌吞噬着他，让他变得灰白而绝望。

赵林又睡着了。等他从沙发上醒来的时候，陈微微换上了一件蓝色的风衣，里面是九分裤和衬衫，光脚穿一双小小的高跟鞋。她生机勃勃地站在他面前，仍旧挂着笑。赵林觉得她越来越美，也觉得她离自己越来越远。陈微微说，你怎么老是一副很困的样子。赵林说，我真的是太累了吧。陈微微说，你也去锻炼锻炼身体吧，我看你最近健身房也不怎么去了。赵林摇摇头又点点头，最后说，好的。

陈微微同学的婚礼在虹桥宾馆。这是高架下面一个灰蒙蒙的老酒店。天是阴的。赵林和陈微微下了车，看到红色的结婚立牌在灰色酒店的外面被风吹着。上面是一个有点胖的男人和一个化妆化得看不出来有什么特点的姑娘。他们在签到处奉上红包，新郎和新娘站在背景板前面和每一对来宾合影。他们走过去，陈微微介绍说，这是我男朋友。赵林朝新郎新娘点头致意。陈微微又说，新娘瑶瑶，新郎方轶，都是我小学同学。于是四个人合影。新郎新娘站中间，赵林站在方轶边上，陈微微站在瑶瑶边上。合完影二人入席，不一会儿工夫，他们那一桌先坐满了。陈微微压低声音跟赵林一一介绍，全部是她从小认识的朋友。这么一个局面，肯定有人会成为主角。果然，不一会儿，就有一个西装革履的男生起身，很活络地和大家一一寒暄，敬酒。于是大家挨个照做一遍。赵林和他们都不相熟，在寒暄之后很快陷入了沉默。其中有个个子很高，满面青春痘的男生，带着一个非常美丽的姑娘。赵林多看了他们两眼。陈微微发现了，就告诉他说，他们俩中学时就在一起了。那个男生冷冷地看看赵林。前面他跟赵林握手的时候，用鼻子发出“哼”的一声，也非常敷衍。赵林问陈微微，他是个什么样的人？陈微微说，他啊，是我们中间成绩最好的一个，但人非常地怪异，你不用理他。

那天的婚礼仪式和酒店的菜品都很无聊。唯一令人印象深刻的是，司仪想尽办法要逗新娘哭，可新娘看起来铁石心肠。最后新郎上阵，播放恋爱历程VCR，新娘仍旧面无表情，仿佛在全力维持自己的妆容，而司仪在边上一直说错话，引得下面骂声一片。最终新娘的妆一直很好，自始至终都没有一点花掉。她换了旗袍下来跟宾客敬酒，打了一圈，最后仿佛终于在自己父母那一桌滴下了几滴眼泪。

大概因为婚礼现场实在太讨厌，最后回家的路上，陈微微提议，要么去酒吧坐一会儿。赵林说好，于是他们在五原路一个常去的威士忌吧下车，在烟味和喧闹中喝了几杯。当晚回家后，他们沉沉睡去。自从广州那次失败的性爱之后，他们再无肌肤之亲。凌晨时分，陈微微在噩梦中大吼一声，最后弹坐起来。赵林被吵醒，起身搂她，发现她浑身是汗。陈微微一把把赵林推开，说，我去洗个澡。待她回来，她靠在床上不能入睡。赵林问她梦见什么了，她说，你不要管我，你自己睡吧。赵林心里难受，起身到客厅的沙发上喝酒。

赵林喝光了一整瓶红酒，最后瘫倒在地板上，默默无声地流泪。陈微微走过来，奇怪地问，你到底怎么了？赵林憋了半晌，说，你是不是认识毕可文？陈微微没有说话。赵林躺在地板上，也没有开灯，只能看到她的脚，也不敢看她的脸。陈微微说，是的。赵林说，我知道你们过去的事儿。陈微微硬邦邦地说，那和你没有关系。赵林说，那我们什么关系？陈微微说，你是我男朋友。赵林说，那毕可文呢？陈微微说，我和毕可文认识很多年，但没有真在一起过，我们过去关系非常亲密，但现在关系已经正常化了。赵林趁着酒劲儿问，你们上次上床是什么时候？陈微微说，你这个人真没劲透了。过了一会儿，她又说，毕可文现在有难处，我们得帮他。赵林问，他怎么了？陈微微说，你喝醉了，我现在不跟你说，你马上给我睡觉，白天再说。赵林说，还不是你做噩梦把我吵醒的。陈微微哼了一声，自己进去了。

赵林在地板上躺着，最后觉得自己实在不像样子，于是起来躺到沙发上。又过了一会儿，他鼓起勇气收拾衣服，打算离开。陈微微听见响动，再次出来，说，你不要发疯了好不好？赵林说，把话说清楚，不然今天没完。陈微微强忍着没有发飙，最后坐着说，毕可文现在吸毒，而且欠了一屁股债，我得帮他戒毒，不然他就完蛋了。赵林不知道说什么好，只好一直愣着。陈微微接着说，你是看了我手机吗，还是毕可文告诉你的？赵林说，是我看了你手机。陈微微说，我有了你以后，告诉了毕可文，一提名字，他说他认识你。我想着告诉你那么多坏处，就没说。赵林不说话。陈微微又说，我和他可能过去有感情，但现在已经完全没有了，认识你之后，我们也没有再上床，我现在就是单纯想帮他。赵林说，我嫉妒他和你的关系。陈微微想了想，冷冷地说，这可能得你自己好好处理一下。赵林说，你明不明白我很爱你？陈微微说，你这样我压力太大，我不习惯。我希望你能正常一点，我们可以共同生活，之前我们不是都挺好的？这样吧，我觉得不和都是看手机引起的，以后我手机加个密码，然后你也不要看了，请你相信我。赵林愣了一下，想说点什么，又觉得实在没什么好说，只好点了点头。陈微微说，那现在可以睡觉了吗？赵林说好。

回到床上自己躺着。陈微微嘟囔了一句：神经病，像个高中生一样！然后离他远远的，缩成一团。过了好半天，赵林听见她叹了一口气，扭过来抱住了自己。赵林感觉身上开始变暖，又几乎要哭出来。陈微微慢慢向下滑去，熟练地用嘴含住了他的下面。最后赵林在她嘴里释放出来。她下床漱完口回来，吻吻他的脸，说，你这个二逼，可以睡觉了吧？

CHAPTER 11

漫长的白日梦

这之后一个周末的礼拜六，赵林和陈微微一起，出现在了毕可文住处的小区。陈微微确定了毕可文在家，然后骗毕可文她是一个人。当她和赵林一起出现在毕可文家门口的时候，毕可文吃了一惊，然后苦笑着说，好嘛。毕可文更瘦了。他侧身，让两人进来。

陈微微进门屁股还没坐稳，直接开宗明义，毕可文，你能不能不要再碰那些东西了。毕可文说，我又不危害社会。赵林说，再下去就快了。陈微微说，不戒毒就还钱。毕可文一脸苦笑，不说话。陈微微又开骂，你不要给我装孙子，你听见没有？！赵林拉了她一下，陈微微说，你神经病，你拉我干吗？赵林没理她，对着毕可文说，贾老师，你就是抽上次你给我卷的那个东西吗？毕可文还没开口，陈微微说，放屁，他给你那个算什么，他现在玩大了！毕可文说，是啊，就是上次给你那个，没事儿的。老赵，陈微微神经病，你跟她一起神经病？那个东西没事儿的。赵林扭头看看陈微微。陈微微怒极反笑，你也就骗骗老实人，你现在都吃了些什么，以为我不知道？毕可文嘻皮笑脸地着看赵林，你好好管管你老婆。我老婆？赵林语塞，心里升起的念头却是“你们俩认识的比我早啊……”。毕可文看他们都不说话，又说，行，我知道你们的来意了，你们也是关心我。这样，剩下的东西你们带走，扔掉，我不抽了，好不好？过几天我就开工去外地了。说着，毕可文打开冰箱拿出一个透明的玻璃罐子，罐子里有个蓝色的保鲜袋，保鲜袋不透明，静静躺在罐子中间。赵林刚伸手要接，陈微微劈手夺过玻璃罐子，拽着赵林推门而去。

回家后，陈微微把玻璃罐子同样丢进了冰箱，不再理会。这事儿过去后的第三天，毕可文用一个陌生号码给赵林发消息，母老虎在吗？不在的话，给我一个电话。赵林看着现在这个1580开头的号码，打了过去，在电话里问毕可文，你原来的号还用吗？毕可文说，暂时还用，这个以后也会用。赵林说，好，说吧，你小子有什么事儿吗？毕可文说，我想问你借点钱。赵林说，你要借多少？毕可文说，两万。赵林说，你拿钱干吗去？毕可文说，我淘宝店货款周转不过来了，我下个月还给你。赵林想了想，说，好，可以答应你，但你以后不要再跟陈微微联系了，你明白吗？毕可文电话里欣喜不已，根本就没有丝毫犹豫，说，好好好，答应你，太谢谢了！我明天一早就要去外地了，你晚上就打给我好不好？赵林想了想，说，好。

这件事赵林没有告诉陈微微。他们的关系在此事之后看起来又恢复了正常。赵林从此认为毕可文不会也不想对他和陈微微的感情造成什么影响了，他再为了一个过去的幻影伤心就是庸人自扰。但毕可文一个月后没有还钱给他，他没有吭声。他打定主意，毕可文要是真不还钱，也就这么算了吧。

在赵林觉得生活重新变得平静的时候，又一场风暴席卷了刚刚消停的水面。他的前妻叶小枚回上海了。她给赵林打电话，约赵林在陆家嘴吃饭。叶小枚现在在一家网站做编辑，她们上海分公司就在陆家嘴。想必是顺路吧。赵林和陈微微说了一声，下班动身去陆家嘴。陈微微得知他去见前妻，就撇撇嘴，说，晚上早点回来。赵林一直在捕捉着各种"陈微微其实是在乎我的"的细节，这句"晚上早点回来"正中他的下怀，让他心中顿时好受很多。

刚来上海的时候，赵林就觉得陆家嘴有一种奇异的冷峻风格。作为浦东的代表区域，它高楼林立，处处透出有序而宏伟的气势，可它的人情味儿又实在淡薄，没有人喜欢真的生活在这里。也只有叶小枚这样的人会图省事把约会定在这里。不过，叶小枚订了一家商场五楼的日料，这让赵林挺感动。过去叶小枚从来不吃这个，但赵林喜欢，想吃的时候只好自己去。叶小枚这次肯订日料，算是存了照顾他的心思。出租车一路堵到延安路隧道出口，赵林一阵焦躁，望着天桥下沿股指期货的走马灯，他不禁深吸了一口气，他不想在跟前妻的约会中迟到。不过，当他迟到五分钟才到达约定地方的时候，叶小枚并没有来。他松了口气，报叶小枚的名字和手机，先进包房等。又等了十多分钟，叶小枚才出现。

他抬眼一看，叶小枚穿驼色大衣，围着一条花丝巾，长发披在后面，脸色白白的，眉头耷拉下来，挂满愁苦。她在赵林对面坐下，看看他说，你又瘦了吗。然后眼圈一红，差点要掉下泪来，但她强忍住了。赵林“嗯”了一声。她接着问，你的病怎么样？赵林说，没事，老样子。然后他叹了口气，看着眼泪在眼眶里打转的叶小枚说，小枚你别这样，能见到你我还挺开心的。叶小枚坐在那里静了一会儿，叫服务员点单。两人都没有什么食欲，点的全是冷餐。叶小枚叫了一份小的海鲜饭。赵林叫了一份冷荞麦面。叶小枚让他加菜，他怎么也不肯。叶小枚最后又问服务员要了两杯热茶。两人喝着茶，偶尔抬头看看对方，一言不发。大约两分钟或者更久，赵林看到叶小枚的面色渐渐平和下来，但也不看自己，而是直直盯着桌面。

赵林说，你是来出差还是要调回来？叶小枚说，我是来出差，但后面要调回来，不过还说不定。赵林说，噢，那北京的房子怎么办？叶小枚说，你怎么想的？我不可能再住的啊。反正你也管不着了，我打算卖掉。赵林说，你一个姑娘，有个房子多好，你干吗……他说了一半，看着叶小枚的脸色，想起他决定离婚前的一段时间，两人基本每次交谈都会变成吵架，于是没有再说下去。叶小枚说，我不想住那个房子了，我打算卖掉它，以后租房子住，这样你的压力也小点。我是来告诉你，你不要帮我还贷款了，我已经把它挂出去了，行情挺火，中介说这个月就能卖掉。赵林说，这不好吧，当初都说好了，我钱还是给你，你不还房贷就自己拿着。她说，不用了。赵林看看她的表情，没有再说什么。

叶小枚闷头吃完饭，起来就叫埋单，赵林说，我还没吃完，你先走吧，我付。叶小枚眼圈又一红，说，你抢个屁，我卡里这些钱都是你的，我帮你花掉。然后她埋单离去，留下赵林一个人对着吃了一半的冷荞麦面。赵林觉得这些荞麦面冷得像钢丝球，再也无法下咽。他的脑子里开始浮现出过去和叶小枚的点点滴滴。浮现到一半，赵林在心里立马喊停，又看看时间，起身离去。

他到家的时候才八点多。陈微微仍坐在电脑前。看到他回来就过来拥抱了一下，说，怎么这么快？赵林说，能有什么好说的？陈微微问，吃了吗？赵林觉得饿，说，没吃饱。陈微微从厨房间拿出一盘剥好的榴莲果肉，说，你把这个吃了吧。赵林说，好。赵林吃的时候，陈微微就坐在边上。赵林问，你想吃吗？她说，我不吃，我吃过了。赵林吃完后，陈微微递纸巾过来，说，周末跟我回家去见我父母吧。赵林愣了一下，说，好啊，你想让我见？陈微微说，我想嫁给你。我觉得你不放心我，所以我想嫁给你。赵林觉得太突然，愣在那里，心里不知是喜是忧。

第二天，赵林觉得要找个人商量这事儿。想了又想，还是趁午饭的时候，电话毕可文把他约在了大仓。大仓还是那副样子。赵林和毕可文坐在窗口。谭老板并没有过来多话的意思，只在远处点点头，任凭服务员招呼他们。

赵林也懒得多问他们的事儿，直接说，贾老师，微微昨天说肯和我结婚，我觉得很突然，想听听你的意见。毕可文脸上的表情凝固了一下。赵林紧紧盯着他，他很快轻巧地说，结啊。赵林说，我有点不敢娶。毕可文说，你不爱她吗？赵林说，爱。我觉得她非常优秀，能娶到她是我的福气，但我觉得自己不了解她，也hold不住。毕可文说，你不要想得太复杂了。赵林说，怎么复杂了？你了解她吗？你们认识那么久？毕可文说，了解吧？我也不知道，但是你说你为什么要了解她呢？你爱她不就可以了吗？你心放开一点。你可以离得远一点，不要那么接近她，这是我的感觉啊。赵林奇怪地说，我们要结婚啊，我怎么离她远一点？毕可文说，我打个比方啊，我觉得你对女孩的方式有点问题，就好比……你唱KTV，你就像那个话筒，陈微微就像那个音箱，你们俩都很爱对方，但你总是离音箱太近的话，就会发生啸叫，这爱情之歌就没法唱下去。所以你得找一个合适的距离，不要明知道会啸叫还一定要凑上去。赵林说，比喻很精彩啊，贾老师，然而我听不懂。毕可文说，你不是看过她手机嘛，就是这个意思，你其实最好不要看，能不看就不看。赵林说，我不看我还不知道她就是“狡兔少女”呢。毕可文说，你要不看，你现在就不会这么纠结。

赵林想了一会儿，说，你说我和她结婚合适吗？毕可文说，没什么不合适的，她不是挺好的？赵林说，你们真的没什么了吧？毕可文说，真没什么了，太久了，在你认识她之前就没什么了。再说你知道我的，我的真爱只有何妮妮。赵林不说话。毕可文又说，老赵啊，我们认识这么多年了，我知道你的，你心理上有点过不去，尤其我还跟你说过我跟微微的那些事儿。赵林点点头。毕可文说，老赵，你人比较老实，也照顾我很多，我跟你说几句实在话。你看外面的这些姑娘，不管好看难看，她们都有过去，她们可以选择跟你说，也可以不说，不说你也不知道。微微也挺倒霉的，她也就跟我了，之外也没谈过什么别的男朋友，你看她那个嘴贱的，其实她不是特别受欢迎的类型，对吧？她就是被你知道了嘛。外面那些姑娘，睡了几十个几百个男人的也多了去啊，你还介意？你就是不知道而已。赵林笑骂道，靠，不是我介意这个，我自己还离过婚呢，我介意这些？男女平等啊。我就是问问你们别还有什么感情，我在中间夹着，这对我们三个人都不好。毕可文说，没有了，真没有了，现在真就只是关系近一点的朋友，没有男女之情了。赵林说，那就好。不过，你也别太骄傲，在微微和我说的恋爱史里，根本没有你。毕可文手一挥，说，那最好了，我们还是兄弟。赵林说，好吧。毕可文举起干姜水，赵林跟他碰了一下。

这就算解决了吗？见完毕可文后，赵林这样想道。可他真的也想不出还有哪里不对。但生活的进展总是那么迅速，已由不得他多想。为了周末见陈微微的父母，他和她每天下班后都在外面挑礼物，最后按常规先买了烟酒补品，又为陈妈妈准备了一套双立人的刀具，为陈爸爸准备了一个小小的上网本。陈微微嘱咐赵林先不要告诉她父母自己离过婚，赵林答应了。赵林还在心里给自己定了个点，打算如果陈微微的父母认可自己，他就电话给在老家的父母，告诉他们自己已经和叶小枚离婚的消息。之前因为怕父母担心，一直没有说。然后他会同时和盘托出陈微微，这个他为他们重新找来的儿媳妇。

周末，赵林和陈微微坐着车，沿四川路到达了甜爱路口的陈微微父母家。这是那个毕可文曾经提到过的，老公房的二楼。赵林站在楼下，觉得有一丝醋意从天上飘过。他左手拎着上网本，右手拎着刀具，小心翼翼地上木头楼梯。陈微微在他前面，帮他拎着皮包。楼道黑乎乎的，空气里有潮湿的霉味，楼梯上到一半，“啪”的一声灯亮了，昏黄的光线里，一个中年女性用上海口音的普通话说，欢迎欢迎，这么快就到了？陈微微回答，是呀，不堵车。赵林大声说，阿姨好。映入眼帘的是个个头很高的上海阿姨，一眼即可看出与陈微微的相似。她打量了一下穿着正装的赵林，平静地说，小赵吧，快进来。赵林走进客厅，是那种相当普通的中老年人喜欢的布置。沙发上有布盖住的靠垫，角落里有一个足浴盆，电视旁边放着一株高大的绿色盆栽。侧面的厨房里，一个头发有点花白的男子正在切菜。他是陈微微的父亲，一位医生。他个头不高，戴着眼镜，也没有从厨房出来，只是探出头来和赵林说，小赵啊，先坐坐，饭菜马上就好。

这顿饭菜色很好很丰盛，赵林为了展示男子气魄，比平时多吃了不少。然而吃饭时的气氛拘谨又压抑。陈家父母都不是话多热闹的人，吃到后面就有点冷场。不过好处是，陈家父母并没有围着赵林问长问短。这让赵林很满意，他觉得这对老人的文化层次都挺高，也很尊重自己女儿。吃完饭两人把礼物拆开分别赠送给父母，大家终于找到话题，开始热烈地讨论刀具和上网本。赵林帮陈爸爸设置系统，下载软件，又忙活了一个多小时，他们告辞离开。第一次上门以祥和的方式告终了。

回陈微微自己住处的路上，赵林没来由地想起第一次去叶小枚家的情景，不知为何心痛不已，他开始头痛，一点点路，他竟在出租车上睡着了。到站的时候陈微微叫他，责怪道，你怎么现在在哪里都能睡着？赵林有点担心自己脑袋里的那个东西，支支吾吾的。

在这次上门之后，第二次上门并没有很快到来。赵林对陈微微的感觉略微有了些变化。他对她的那种强烈的感情仿佛在前几次的折腾中有点耗尽，年龄摆在这里，这一切常常让他觉得累。而陈微微总是那么云淡风轻，这种云淡风轻看似没什么，却加剧了赵林的累，加上他拿不准主意要不要告诉陈微微自己的病。陈微微如果知道了，还会和他结婚吗？不，正确的做法是，他根本不应该有再跟人结婚的想法。毕竟他内心深处觉得，自己与叶小枚离婚就是为了不拖累她，可如果现在跟另一个女人结婚，岂不是背离了离婚的初衷？知道这些的何妮妮会怎么看待自己？可他又那么想跟陈微微在一起，他被她身上的特质迷住了，他想拥有这个女人。他想不清楚，因此陷入了深深的矛盾与痛苦中。

陈微微或许能够察觉赵林的情绪，或许不能。她没有表现出来，或者她强大的内心让她根本不愿意理会赵林这种潮湿黏腻的情绪。这让赵林觉得，她带他见父母，也不过是走走流程。两人的关系始终没有能够回到手机事件之前的状态。

而且他们在公司要相处八小时，晚上回去又住在一起，给彼此的空间都太小了。这给他们的关系带来了某种窒息，因为每一次，无论是赵林还是陈微微，只要有了摆脱彼此独自活动的机会，都会从全身所有毛孔散发出一种愉悦。唯一的区别是，陈微微的开心是单纯而热烈的，而赵林的这种愉悦里，掺杂了一丝矛盾的苦涩：他一边觉得放松，一边觉得陈微微真的不爱他。他觉得此时此地的这个女人，陈微微，只有在床上被他送上高潮的那个瞬间，才能从眼神里流露出某种软弱和绝望混杂的热情，只有那一瞬间是真挚的。其他的所有时间里，她都太冷酷，太完整，太无懈可击。他不断地在身体需求上挑战陈微微，他累，陈微微则被他这种自我毁灭式的欲望震惊。她觉得他得了强迫症，但他们俩谁也没有说分手。他们都是坚忍的人，那段时间里，赵林的梦都是在和陈微微跑马拉松。陈微微的梦都是赵林在追杀她。

CHAPTER 12

被浪费的告别

广告公司一般说来是没有什么淡季和旺季的，一年忙到头，天天加班，干三年累得像别的行业干三十年。肯吃苦，脑子活络的年轻人容易在这里完成职业生涯的起步，但到了职业生涯的中段，他们常常会离开这个行当，能熬下来，做到赵林这个职位的，少之又少。赵林记得自己刚入行的时候，全公司一百多个新人AE，分散在各条业务线，开始吵吵闹闹称兄道弟，渐渐又从窃窃私语到鸦雀无声。人来人又往，不过四五年光景，那些奇奇怪怪的年轻人多数在本行业已不知所终。公司里认识的朋友，能进入自己日常生活的是大浪淘沙。因此赵林时常有一种明确的沧海桑田感。

大型广告公司里的生态很有趣，一般来说，是业务部门先导，靠关系和服务打头阵；然后针对客户需求做文字、图片、视频、IT等各类定向开发，最喜欢谈创意和创新，却受制于需求无法贯彻，一腔理想常常沦为糊壁头。优点是现金流好，利润率高，除了人一般没有什么别的硬成本，所以架构流程往往是虚的，人与人的关系才是真正理解这类公司的关键。加班多，同事相处时间就多；整合营销多，跨部门交流就多；喝酒唱歌多，趁乱交心摸大腿就更多。表面上一个部门的人，可能貌合神离；看似八竿子打不着的，却可能因为楼梯间同抽过一支烟成了好朋友。人事部的女总监可能爱上过IT部的架构师，客户部的AE可能睡过老板的司机，今天法务部Frank的老婆上公司抓小三，明天COO突然跟大胸前台闪婚……

过去赵林常常因这些消息而愕然，认为业务都这么忙了，怎么这些人还有空搞这个？等到自己渐渐做到五年、八年、十二年、十五年……这些事有时也发生在他身上了，他才渐渐理解那些藏在西装、领带、衬裙、小礼服底下的，被压力和欲望折磨的、躁动的灵魂。如今，不论他们吵架骂人，情绪崩溃，或是搬着箱子突然滚蛋，他都能泰然处之。他大学学的是中文，辅修传播学课程，他笃信人心是万事之本。

WH公司每年固定在第三季度搞一次时长一周、半玩半培训的半年度年会，一般来说是不许缺席的。为什么是第三季度呢？因为第一、第四季度是比稿期，第二季度是新项目执行启动期，如果一定要选个可供喘息的季度，一般是第三季度。第三季度，就是广告狗们的玫瑰季。第一类公司是最轻松的，他们的员工会在这段时间把年假用掉，结伴去海边拍朋友圈啦，到丽江和西藏失身啦，到伦敦去喂鸽子和大象啦，凡此种种。第二类公司，是比较纠结的，他们自诩福利好，可纯给员工放假去玩，老板又不舍得，因此就会搞出这种半玩半培训的怪胎。第三类公司最苦逼，他们的员工在第三季度得到的福利往往是："居然能有几天可以按时下班。""我完全没有见过六点钟的夕阳呢。""这个时间从公司出来居然心里有点慌，公司是不是业务不好了？""是啊，我下班居然不知道该去干吗。"（而且他们的员工看到这里会说，开玩笑，这个行业哪里有第一类和第二类公司）。WH公司则常年在第二类和第三类之间徘徊。

全公司员工喜迎半年会的当口，赵林却病倒了。他浑身酸痛，一直低烧，他在心里忐忑这是不是和脑袋里的东西有关，但又打定主意不想告诉陈微微。陈微微陪着他去医院检查，量体温，抽血，他一直挺紧张。后来拿着检查结果去找医生，他不想让陈微微进医生房间，但陈微微还是跟了过去。不过，那个中年男医生看看他们俩，只是冷冷地说了一句，年纪不小了，以后生活检点一些，夫妻生活适度为宜。赵林自己拿着单子看，体温不高，37.5摄氏度，血液有几个指标超高，也不知道医生怎么看出来的。他没在意医生说的话，只是心里松了一口气，觉得不是肿瘤恶化就好。倒是陈微微红着脸说，听见没，你以后节制点。他点点头没说话。接下来他要吊盐水，陈微微打算一个人去半年会。尽管觉得自己很需要人陪，但是赵林面对陈微微压力山大，只盼她快走。

陈微微走后第二天，他的烧就退了，身上也不疼了。这期间，陈微微和他没有任何联系。他回到自己松江的小房子里，打电话给何妮妮，何妮妮现在还在西餐馆混着，日常不忙，就答应来松江看他。他们碰面以后，赵林说不想在上海待着。何妮妮说，你不是生病吗？不能好好休息一下吗？赵林说，那个房子里全是陈微微，这个房子里全是叶小枚，我觉得自己都没法待下去。何妮妮叹口气，答应了。

何妮妮之前和日本男友去过一次莫干山裸心谷，说那里挺好，就建议赵林去那里，赵林答应下来。裸心谷离上海不算近，路也不好走，高速上是何妮妮开，进山以后，换了赵林。何妮妮一路挺开心，赵林则兴致不高。说实话裸心谷真挺美的，胜过他之前去过的周边任何一个景区，可他病后初愈又心神不宁，对景致提不起什么兴趣。不过入住后，他觉得客房宽敞，景观也好，就打定主意泡在这里，不再出去。

裸心谷房价挺高，一晚得2400块，赵林和何妮妮只开了一间房，订了三天，赵林想全部自己出，何妮妮坚持分担了一半。两人睡下的第一晚，赵林梦见的还是跟陈微微马拉松。要知道在现实中他从来没有跑过这东西，他觉得单纯的跑步又无聊又傻。他也没有去过马拉松现场，只见过一些零星的报道图片，所以他的梦中只有一条漫长而昏暗的公路，根本不知道是哪里。只有他踉跄着跑，身边是黑压压的没有脸的人群，他胸前挂有一个数字很大的号码牌，他望向前方，能看到陈微微穿一身鲜艳的运动服，身姿矫健，体能充沛，在前一个阵营领跑，于是他开始觉得自己衰老，缺氧，双腿也不听使唤……可突然一晃神，他又发现自己是在出中学时的早操，原来边上黑压压的都是高中同学，而陈微微变成了督导晨跑的体育委员，那时，他们这些高中生，要在早上六点开始绕全城跑一圈，每天如此……但他怎么也追不上陈微微，他觉得自己心里难受。崩溃到快要跪倒的时候，他醒了，发现自己浑身是汗，被何妮妮从背后紧紧贴住，轻轻摇晃。何妮妮的双乳贴着他的背，她是热的，希望给冰冷的赵林一点温暖。

老板，我把你推醒的，你做噩梦了？

嗯。

你在床上一下一下地抽搐，把我吓死了。

对不起。

不要说对不起，你梦见了什么，想说吗？

不想。

嗯。

赵林有点闷，推开何妮妮，自己起来去洗手间。他没有开灯，回来后跟何妮妮说，你先睡吧，我去透口气。然后披着浴袍上了阳台。阳台外面对着一片绿色的山峦，除此之外再无他物，真有一种世外桃源之感，他望着这一大片绿，呼吸着新鲜空气，人渐渐地不再气闷。可他心里仍旧觉得没劲透了，觉得想死。阳台的木头桌子上摆着一个烟灰缸，烟灰缸边上有个糖果盒，里面是“宝路”薄荷糖，他捡了一个，含进嘴里，闭上眼，不断地深呼吸，希望能摆脱这种情绪。

大约又过了一会儿，何妮妮披着另一件浴袍也走了出来。她看看赵林，轻轻地说，进去吧，这样太凉了，你病刚好，复发了就麻烦了。赵林叹了口气，跟着她又进了房间。何妮妮说，你别总是唉声叹气了，叹得我也心情不好起来，这样有意思吗？有什么过不去的？赵林说，对不起，不是故意要叹的，那我注意一下。说完他躺了下来。何妮妮没有说话，过来一会儿，她靠过来抱着赵林，紧紧贴住他。贴了会儿，赵林身上渐渐暖和起来，于是他扭过来开始吻何妮妮，把手贴在何妮妮背上，觉得何妮妮热得简直有点烫手。吻了一会儿，何妮妮让他躺好，自己在上面，但赵林进去没多久就射了。他默默地说，对不起。何妮妮说，没事，我就是想安慰安慰你。赵林说，谢谢。何妮妮说，你可以轻松一点的。赵林说，好。

他们又睡了一会儿醒过来，躺在床上聊天。

妮妮，贾老师借你的钱还了吗？

没有。

那怎么办？

不知道，要不回来就算了。

你和男朋友怎么样？

还行吧。

不觉得外国人没法交流?

不会，他中文还行，不过我们通常用日语交流……为什么问这个?

没，觉得一直麻烦你陪我，不知道他会不会不开心。

他回日本了，我最近没事儿。

你喜欢他吗?

还行吧。

他回日本多久?

估计要一段时间。他回去说跟前女友谈分手。

什么情况?

嗯，一直没断干净吧。有一次我在他家，他早上接个电话，那女的打来的吧，就在哭什么的。他后来表示很不好意思，我心里有点乱，就起来走了。后来他就说，他还是回日本一趟，把事情处理处理干净。

你生气吗?

不生气。他和前女友得有十年了吧，我没法生气。

就跟你和贾老师差不多。

这种长期关系都很伤的。

是的……你干吗又蹭我!

前面那会儿太难受了，现在好些了，我回馈你一下。

啊，老板你不要回馈上瘾啊，要出事情的……

唔。

赵林跟何妮妮在床上赖到了下午，两个人都觉得饥肠辘辘，但又不想出门，就在房间里叫了些吃的。吃完之后，他们开着电脑看美剧，就这么把一天消耗殆尽。赵林觉得和妮妮的关系有一种异乎寻常的轻松感，他们都很随意，也不怕得罪对方，没有话题和行为的禁忌，即使互相嘲讽，也不会生气。在裸心谷过了三天之后，他们回到上海。

何妮妮开车把他送到他家楼下，说，我就不上去了。赵林说，好。回到自己家，身边突然一个人也没有了，他又开始难受，最后他坐在电脑前面，开始给陈微微写邮件，说希望可以跟她分手。他坐在屏幕前面，想着过去跟陈微微之间的点点滴滴，邮件越来越长，不禁哭了起来，哭完以后，他把邮件发了出去。等到晚上的时候，陈微微给他回了邮件，只有一个字“好”。他再次回邮件给陈微微，说这两天他会去她的小房子把他的东西全部搬走。陈微微没有再回给他。他到厨房里拿出冰箱里冻着的日本酒，喝完一大瓶，沉沉睡去。

第二天，赵林叫了辆大众的货车，去陈微微家搬东西，在他的意识中，觉得自己和陈微微有很多共有的东西，然后收拾了半天，最后只有俩箱子一个蛇皮袋。货车司机看着他那点东西，说，就这么点啊？他点点头，司机没再说话。回松江的路上，他给何妮妮打了个电话，说，我跟陈微微分手了，她也答应了。何妮妮说，啊？这么快？之前不都见家长了吗？怎么又分手了？赵林说，这次是我提出的，就是从裸心谷回来以后，这次应该是分彻底了，我刚从她家把东西搬了出来。何妮妮说，她知道你的病吗？赵林说，不知道，不能告诉她的，按她的性格，告诉她她要看不起我的。况且现在分手了，就更不用说了。何妮妮说，不是因为我吧？赵林说，你不要自作多情，是我自己觉得应该跟她分手，跟你没关系。何妮妮在电话里笑，说，分了也好，上次你见她父母，我还在想，你居然还能有兴趣把结婚的那个套路再走一遍，也是蛮不容易的……赵林也在电话里假笑了几声，说，哈哈，想到不用再走那个套路，不禁心头一片轻松。何妮妮说，那你接下来什么打算啊？赵林说，什么打算？没什么打算，就这么过下去啊。何妮妮说，那就好。赵林想说点什么，但终于没说出来。

半年会结束后第一天，赵林也回公司上班了。一进公司的大门，他就习惯性地望向陈微微的位子，她在。过去在公司里遇到，陈微微会和赵林交换一下眼神，即使是冷漠的眼神，但今天，赵林走过去，看看她，她眉头紧皱，连头都没有抬。赵林心头一痛，深吸一口气，没有停顿地走了过去。明明是他提的分手，但他感觉像是自己被甩了。他想起去年这个时候，他们已经在准备去广州了，即将挖空心思地瞒着同事找机会上床；而今年，他们已经变成形同陌路的样子。但现实并没有给赵林太多时间伤感，假期之后的返工期总是非常忙碌，很多搁置的事情要启动，要处理，而且压力很大。投身工作以后，赵林会暂时忘记自己情感上的这些问题，然而，晚上一个人躺在床上的时候，他还是会有点崩溃。松江离市区挺远，他又经常加班赶不上地铁，于是他花钱买了一辆小汽车。他原先在北京的车子给叶小枚了，但叶小枚不会开车，也不知道她怎么处理的。从WH公司开车到松江的小家大约要一个小时，在路上赵林听过电台，听过脱口秀，也放过一些流行音乐，但后来他固定在了郭德纲相声精选和古典音乐上。前一个东西像糖，能让他挡一挡心里的苦，后一个东西像水，能帮他稀释烦恼。现在，只有这俩东西能占住他的脑子，让他没空去难受。

从那个电话之后，赵林也没有再去找何妮妮，他希望自己能够靠自身的力量走出阴霾。他把时间都花在了工作上。周末，除去案头的部分，他也去市区走一走客户关系。女客户，他一般约她们在市区的五星酒店里下午茶，或者去西餐厅喝咖啡，顺便谈一谈业务，也了解第一线员工的服务情况，这倒还好，是他可以轻松应对的部分；问题是那些男客户们，他们在吃饭过后，往往热衷于去夜总会，过去赵林心里不是很愿意奉陪此类事宜，都是能避则避，或一概推给大老板去应酬，即使不得不去，也常常神游物外。但现在，他仿佛想通了，也彻底放开了，他开始主动陪着大老板出入这些场所，费心应酬，喝酒，耐心地跟小姐玩骰子，摸她们的乳房和大腿。大老板挺开心，喝醉了跟他说，对嘛，我就觉得你应该多出来玩玩，我晓得你是业务第一线出身，专业度高，但是你毕竟做管理也这么多年了，你现在在这个位子上嘛，人，就应该像水一样，你要融入你的角色……他没有说话，但从此大老板每次去应酬都会叫他了。

某种程度上说，夜总会里面的情形也常常让赵林觉得有趣。职场就是角色扮演游戏，每个角色都被分配了自己的任务，演久了，角色的特性就会带进自己生活的方方面面。来夜总会的，都是大老板和大客户，都是年龄在四十岁往上的管理层。这些人在夜总会里都喜欢跟小姐说教。过去赵林常想，在夜总会里跟人有什么好聊的？除了美色，这些女人究竟有什么魅力呢？现在他发现，除了拼酒和唱歌，老板们多数都是拉着小姐的手，跟她们讲人生的道理。有些东西，跟他们在公司里跟普通员工说的，也并无差别，比如“要努力，我也是熬了很多苦日子才走到今天的”“要感恩，这世上没什么事应该的，一定要记得老板对你的好”“要舍得，你先舍才会有得，不放弃，你就不会得到”之类的东西。而这些陪酒的小姐，也并非全部都是敷衍，她们常常白日里有像样的职业，也应对得颇为巧妙，甚至超过WH公司的一些员工。

其间有一个小姐，在和WH的大老板聊得久了以后，竟然某日到了公司报到上班，这让赵林颇为吃惊。这个叫Tracy的姑娘，尽管把妆容改淡了，衣着也调整了，但她还是太漂亮，一进来就引起了围观。Tracy，中文名字张梦露，她在WH的经历可以用“不虚此行”来形容，她泼辣、大胆，作风坚忍，虽然专业面近乎没有，却能靠着三寸不烂之舌指东打西。一开始，她被放在一个不重要的业务线，居然成功把一个烂稿子强卖给了A客户市场部；后来她侃晕了B客户的采购，多提升了15%的利润率；再后来，她居然和C客户大老板的女秘书成了闺密，然后成功切了一块颇具战略意义但她自己一毛钱也不懂的业务回来……她很快就因为表现出色荣升总监，而与之伴随的则是她把团队所有男同事都睡了一遍的传闻……赵林是内部唯一知道她底细的人，大老板专门做过叮嘱，他缄口不言，对Tracy敬而远之。

赵林也在办公室尽量避免与陈微微来往，但后来发现陈微微应对颇为自然。他觉得自己也是多心，于是二人的关系渐渐正常化。但有时望着这个被他看过全身所有细节的美好的姑娘，他心头还是会一阵酸楚。然而这种念头他也只是想想，他知道这是不适宜的。按陈微微的性格，根本不会介意与他的这些肉体关系如何深刻，或者于她而言也许根本就谈不上深刻。在这段爱情中——如果这是爱情的话，赵林更像一般意义上的女性，是他疑神疑鬼地查手机，纠结于爱和不爱，是他哭闹折腾，心里循环往复。而陈微微反倒处理得干脆利落，情绪思路都硬朗清爽，行为合理得当，根本没有可以诟病的地方，简直像个成熟稳定的大叔。这种想法暗地里让他的自尊心受到了更大的挫折，原本他唯一的心理优势是"毕竟分手是我提的"，但陈微微在分手后的作派让他这种心理优势摇摇欲坠。他们的关系就像没有存在过一样，已经在虚空中消失得毫无痕迹。

CHAPTER 13

太阳在午夜升起

春节前夕，WH公司的“午夜阳光指南针”梦露小姐又立了大功。先说什么叫“午夜阳光指南针”。张梦露升了总监以后，从公司的客户费用里申请了一大笔出来，在自己之前工作的夜总会订了固定的包月房，因为她之前在这里上班，所以费用给了优惠。张梦露自己每周至少有三天在这里，她不在的时候，WH公司的同事来报她名字也可以进来。这里不止招待客户，也招待加班晚归的公司员工。这一招，为张梦露赢得了不少人心，员工们对此纷纷叫好，老板也开心。要知道，基层广告狗收入不高，房子常常租在遥远的郊区，过了十一点打车，常常打出上百块的成本，自从有了这个包房，不少人加班到晚上干脆不回去了，纷纷跑去这个夜总会，有时唱唱歌，有时喝点酒睡在地毯上、沙发上。张梦露除了特意嘱咐过没有客户不许点姑娘陪，其他随意。这样几个月下来，老板发现张梦露团队的成本反而比其他团队要低。

不过这个夜总会门口就变得颇为诡异了，明明门口全是豪车，却时常有一些屌丝状的，满面倦容的小青年在深夜或者凌晨时分出入——如果你看到过，没错，那一定是WH公司的员工。创意部有个文案去了一次“梦露包房”之后，感叹不已，在团队QQ群里神经兮兮地吐槽说：“凌晨加班哪里去，梦总遥指夜总会！梦总，你知道吗，每逢午夜时分，大家加班后散去，我这种单身狗就在路上孤单徘徊，没有方向，而你，你就像午夜时分的一道阳光，温暖照亮了我的前路……你就是WH公司的午夜阳光指南针，自从有了你，午夜就有了方向……”大家哈哈大笑，从此张梦露“午夜阳光指南针”的名号传遍了全公司。

但在广告公司，这些对内的东西都是虚的。要想服众，重点还是要靠业务。张梦露跟单半年，终于拿下了一个大型新客户，乃是某全国知名的家电业巨头DY。全年预算5个亿，但客户要求在春节前交出未来一年时间的推广规划。客户开标以后，大半个上海公司陷入疯狂。离春节只有半个月了。这是真正的时间紧压力大。上海公司的大老板、赵林、张梦露、吴明、陈微微、王浚都被整合进了项目组，带着团队，没日没夜地连续讨论与加班。

最终提案是在春节前三天，那年没有年三十，应该是腊月二十七，大清早，一行七人浩浩荡荡地开赴位于上海郊区的客户总部。提案的分工是这样的：大老板坐镇，负责补位，张梦露串场，赵林负责开头的市场分析与策略部分，吴明和陈微微讲创意，媒介总监讲推广计划，王浚负责技术实现部分的答疑。客户方除市场部以外，还来了密密麻麻一大群旁听的生产部门人员，坐镇的是统管销售与市场的VP。

整场提案非常不顺利。在赵林讲完策略部分以后，众人从客户这边的反应中就意识到，负责前期brief沟通的梦露小姐由于专业缺失，理解出现了极大偏差，导致WH的提案出现了方向性错误。客户VP的脸已经黑掉了，但众人还是硬着头皮往下讲，吴明说完创意核心以后，陈微微起来讲各个执行端的表现形式。PPT上全是整个创意部没日没夜画出来的layout、3D模型，甚至初步的动画设计，这时PPT已经到了60页左右，那个VP对着陈微微爆发了："你们搞得都是些什么东西？你们这群人都是骗子吧？我告诉你们，我们压力非常大，这就是我们要花5亿去买的东西吗？你们了不了解我们产品？你们知不知道我们的竞争对手是谁？小姑娘，你染个头发就以为自己很有个性了吗？你不要瞪我，我身后是整个DY人的身家性命，你们在我们这里做不好，换个客户接着服务，我要是由着你们瞎搞，我就掉脑袋了！……"

听着客户越骂越难听，大老板站起来打圆场，赵林看到陈微微的眼泪在眼眶里转，这是他第一次看到她哭。他也看到吴明紧紧拉着陈微微的手示意她克制。她最终忍住，没有说一句话。客户的VP骂完之后，把WH做的打样稿直接扔在地上拂袖而去。客户市场部的经理安慰了他们两句，告诉他们回去等进一步通知。就这样，WH

公司整个方案后面近一半的PPT都没机会讲，灰头土脸地出了会议室。

回公司路上，王浚为了活跃气氛，跟大家讲了几个笑话，但没有人笑得出来。然后就不再有人说话，快到的时候，大老板收到客户市场部的信息，说经过反复争取，年后初七第一天上班，客户VP最终答应再听一次WH的提案，最后一次机会，通不过就直接解除合作。大老板说，年过不成了，对不起大家。一车人都黯然。

回到公司后，大老板把张梦露叫进办公室，让其他人在外面等。众人先听到大老板在冲她吼叫，但听不到张梦露有什么声音。两人声音后来都压低了，又过了一会儿，竟听到了张梦露"哈哈哈哈"的笑声，众人在外面摸不着头脑。就这样又等了半个多小时，张梦露乐呵呵地从老板办公室里走出来。赵林想起他从来没有见过这个女人有过任何不开心。

但还不待他们有什么进一步动作，陈微微率先冲进了大老板办公室，她进去之后就开始爆炸："孙总！你们高层不是关系搞定了吗？这搞的是什么啊？策略全是错的，创意部在当场吃亏，那个罪魁祸首刚还在笑！这样半个月全白忙了，年也过不成了？全公司陪她玩，你们都在装逼，客户部都是吃屎的吗？策略又在哪里？我们执行都做了啊，那些图抠了几天几夜，眼都瞎了，Tina、Joker、Sean全病倒了，现在告诉我们全不对，还要再改，找谁做啊？姑奶奶不伺候了，什么土鳖客户……”陈微微骂得又快又急，像连珠炮一般，外面几个参加了提案的人面面相觑，倒是吴明阴着个脸说了句：“唉，你说她还真能骂，居然都不带歇气的，这也是一种种族天赋吧。”大家听得哭笑不得，没有搭茬儿。然后就听到大老板也对吼了回去：“陈微微，你不要冲我吼，接下来大家还得干，愿意干，我陪你们一起干！不愿意干了，你爱做做，不爱做滚！”陈微微哭着冲了出来。吴明摇摇头，跟了上去。

此事的结果是，陈微微被吴明劝了回来。所有DY项目的人员新年只放初一一天假，其余时间全部加班。不过经过年前最后几天的集中讨论和分工，过年期间不强求全部到公司出勤，可以在家完成各自负责的部分，初四全部提交，初五进公司整合，初六提案预演，初七原班人马再出发。

这对赵林倒是利好。他和叶小枚离婚的消息尚瞒着双方父母。以往过年，他都是带着叶小枚一起回去的，去年就没回了，今年正在愁怎么跟家里编个理由不回家。赵林家在汉中，一年到头，只有过年才回去一趟，父母早就在惦记了。现在好了，也不用编了，现成的理由。他跟家里敷衍过去以后，打算一个人过年。

大年三十下午，WH公司提前下班。赵林回到松江，把家里的电器、电闸都关掉，然后收拾了一些衣服，带上电脑，开车驶上了高速公路。下午的时候，他把上海的周边城市拣选了一遍，觉得沪宁线沪杭线肯定堵车，最后选中了宁波作为过年地点，他电话订了一个威斯汀的豪华行政房，也订了晚间的海鲜自助大餐，接线员问他几人入住的时候，他说一人。一个小时后，他已经开到了上海到宁波的跨海大桥上。车确实不多，到桥中间的时候，他停下车，走了出来。此刻天色已晚，海水是黑色的，远处一片虚无，但他贪婪地望着这一切，有了一种强烈的地广人稀感，风呼呼地吹着，他有点冷，但这冷又让他兴奋。他看到海水在巨大的桥墩下浩浩荡荡，世界在苍茫的虚空里搅动，他跺着脚，想发出几声吼叫，但没有成功。最后他回到车里，觉得自己第一次有点忘记那些不开心的东西了。他喃喃自语，觉得此刻没有人想起他，他也不愿意去想起任何人。

晚上，在威斯汀的西餐厅里，龙虾和帝王蟹像不要钱那样高高叠起。赵林晃荡着杯子里的葡萄酒，在餐厅里梭巡。边上都是携家带口的人，只有他孑然一身，仿佛乐不思蜀。他很快就喝多了，他和每一个看向他的人打招呼。不少人皱着眉头看他，觉得他很危险，也有人和他碰杯，祝他新年快乐。

因为是新年，餐厅舞台上的西洋乐队也勉为其难地唱起了中文歌。不伦不类的气氛里，觥筹交错。舞台旁边的电视无声无息地播放着春晚，赵林觉得真实世界在大陆的西边随着自己丧失的意志渐渐远去。

第二天醒来，赵林发现自己睡在房间的地板上。已是中午。他打开手机，收到了不少同事的新年祝福信息。其中唯一引起他注意的是陈微微，她给他发了四个字：新年快乐。这是他跟她分手之后，她第一次主动发信息给他。他想了半天，决定不回。

赵林中午出酒店在附近吃了点东西，下午回到酒店写方案。这样的日子过到初四，他赶回上海。但初五进公司的时候，他居然在公司楼下看到了毕可文和陈微微，陈微微拿着一个牛皮纸袋，递给了毕可文。毕可文穿着一件宝蓝色的大衣，看着像是要去走秀，陈微微仍旧是一身黑的性冷淡装束。毕可文很快看到了他，朝他招手，但陈微微连看也没有看他一眼，走开了。

两人对面站着，赵林觉得毕可文又瘦了，就问，你来干吗？毕可文说，来拿点东西。赵林看看那个牛皮纸袋，没有说话。毕可文问，你们为什么要分手？赵林说，她怎么跟你说的？毕可文说，她能说什么？她你又不是不知道，她什么都不说的。她就说，分手了，没了。赵林说，还是觉得不合适。毕可文说，你们真的太折腾。赵林说，我单身也挺好。毕可文笑，对嘛，你终于知道了，单身才是最好的啊。我走了，改天叫你打桌球。赵林说，好，那我等你叫我。毕可文转身走了几步，又扭头过来叫住赵林，赵林疑惑地看着他。毕可文说，我要和陈微微一起出去玩一趟，也没想瞒着你，这里面是她的护照和资料，办签证用的。赵林说，你们要去哪里？毕可文说，我们打算去欧洲。不过我们之间什么也没有，就是结个伴，你不要介意。赵林笑道，我有什么资格介意，我们已经分手了。毕可文点点头说，但我们还是朋友，所以我觉得得告诉你，不希望你有什么不好的想法。赵林说，没事，你们去吧。

上楼进了公司，赵林看到吴明和王浚都凑在陈微微位置上，看到赵林来了，就走过来，跟他说，赵总，陈微微真辞了。赵林说，噢。吴明说，你不可惜吗？要不要去帮忙挽留一下？王浚说，我们都去劝了，没用。赵林说，我不去了，没用了，跟大老板吵那么狠，辞了也正常。她说了什么时候走吗？吴明说，她初四给孙总和我发的辞职信，按流程一个月，她说她会努力支持完DY这个项目的提案。赵林点了点头，没有说话。这时张梦露走着猫步进了公司，她走到陈微微的位置上，满脸关切地说，妹妹，听说你真的要走啊？陈微微看看她，点点头。张梦露说，为什么啊，你做得这么好。陈微微说，我在这里待太久了，想出去呼吸一下不一样的空气。张梦露又东拉西扯了一阵，发现没什么用，只好自说自话着离开了。

给DY公司的新方案，策略方向是大老板亲自跟对方市场总监切的，没有出什么问题，所以初七的提案还算顺利。对方的VP是个非常强势和挑剔的人，还是从方案中找出了不少问题，所幸WH公司没有再犯什么大错误，加上之前行业口碑不错，算是涉险过关。不过，客户还是对第一次提案的失误进行了惩罚，他们改变了业务的支付方式，之前板上钉钉的5亿元预算，变成了需要每个季度去重新提案争取，争取到了，有5亿，争取不到，只有基本的人员服务费。但对WH来说，这已经算是最好的结果了。

提案结束后的几天里，赵林看到吴明单独约陈微微聊了好几次，就去问吴明。吴明说，提案成功了，我又去试了要不要留她，但是她很坚决。赵林说，你还不死心啊？吴明说，我搞不明白啊，她是老员工啊，其实之前她和客户、和大老板都吵过架的，她之前没有因为这种事情叫着要辞职的，她虽然脾气不好嘴又贱，但是心里还是有谱的我觉得。赵林说，这次也许真的到一个临界点了。吴明说，有可能，但我觉得可能也有别的原因，我偶尔看到她会走神，她以前不这样的。赵林不再搭话，吴明离开。赵林看看不远处盯着电脑的陈微微，心想她的辞职会不会和自己有关系，但他马上把这个念头赶出了脑海，不可能的，他没有那么大魅力，这种自作多情只会是自取其辱。

正月很快就过去了，某个周日的晚上，赵林突然接到大老板电话，说要招待DY的客户。赵林忙赶了过去。这次老板没有选常去的那间夜总会，而是找了长寿路的一家。赵林赶到之后发现，那家店正好在毕可文家对面。来夜总会的客户就是DY的那个VP，还有几个在提案时出现过的市场部经理。和大家寒暄之后坐下，赵林和大老板开始尽心尽力地奉承DY客户。就这么折腾到凌晨三点，才宣告散场，大老板安排司机将客户们送去酒店后，自己也先行离去。

赵林实在不想回遥远的松江，就想起了对面的毕可文，打算看看能不能借宿一宿，就直接摇摇晃晃地上去了。到了门口后，本想给毕可文先打个电话，却依稀听到房间里有音乐声，于是就敲门。

开门的是个不认识的皮肤黝黑的小伙子，他看看赵林，说，虽然我不知道你是谁，但你还是进来吧。赵林一进来，那小伙子立即把门关上，赵林才发现房间里乌烟瘴气有点呛人，且只开了一盏昏暗的落地灯，毕可文坐在墙角的地板上，一副不清醒的表情，正笑嘻嘻地看他，朝他挥手。音乐声是从电脑音箱里传出来的，乐声缓慢而低沉。沙发上，刚开门的男生已经和另一个男生抱在了一起。地板上横七竖八地堆着好几个姑娘，有的坐着，有的互相靠着。

他一眼看到其中一个女生一头白发，竟是陈微微。他忙走过去，拍拍她，她醒过来，问，谁呀？等她看出来是赵林，出乎意料地开心，给了他一个无比灿烂的微笑，并伸出手说，哎呀，亲爱的，是你啊，快来抱抱我，我好爱你！赵林惊得酒都醒了一半，说，你怎么像换了个人一样啊。陈微微说，你喜欢吗？赵林说，喜欢，感觉比平常那样好玩。陈微微突然提高声音哈哈大笑，说，那你想玩我吗？赵林语塞。陈微微说，玩嘛玩嘛，我可好玩了。赵林脸发烫，不知道说什么好。过来一会儿又说，你不是还和我一起来劝过毕可文吗？怎么自己也这样。陈微微说，哈哈，为什么？哎呀，我想想，因为你不理我了嘛。赵林说，你也答应了啊。陈微微说，我答应了，对，我答应了，那你是不是很开心？赵林不说话。陈微微说，是吧，跟我分手最开心了，他们都这么说。赵林不说话，一把把她拖起来，拉着她推门而去。

好不容易叫到车，司机一直警惕地打量着赵林和神志不清的陈微微。赵林只好说，我女朋友，喝多了。陈微微抬眼说，对的师傅，他是我男人。司机嘟囔了几句，不再说话。

到陈微微家以后，赵林把她丢在床上，然后放了一浴缸的热水，又把她衣服脱掉，人扶进浴缸里泡着。陈微微迷迷糊糊地泡在水里，赵林怕她溺水，也不敢走，就搬了个椅子，就那么坐在浴室门口看她。陈微微的身材很好，匀称结实，两条腿又直又长。这会儿她不再说胡话，偶尔发出一两声无意识的呻吟。赵林盯着这个自己弄不懂也搞不定的姑娘，盯了十几分钟。然后他又把她搀扶出来，擦擦干净，丢在床上，用被子裹好。他想走，但想想不能走，就待在沙发上看手机。过了一会儿，他给何妮妮发了个消息：“你知道陈微微是毕可文前女友吗？”这会儿已经是凌晨四点多了，何妮妮没有回话。他听见房间里的陈微微发出了均匀而响亮的鼾声。

CHAPTER 14

用眺望掩饰欲望

赵林在陈微微家的沙发上睡着了，他睡得很沉，是醒过来的陈微微把他叫醒的。她恢复了惯常的冷漠，看着衣服都没脱，一身酒气的赵林，问，你为什么在我家？赵林看着她那副表情就不想说话。他沉默了一会儿，看着陈微微的表情越发严重，明白她真的是断片。于是说，昨天是我把你带回来的。陈微微用质问的语气说，昨天是什么情况？为什么我不记得你来了？赵林心头火起，再也忍耐不住，说，问你自己啊，你他妈自己作践自己，是我犯贱不该管你的，我走了，打扰你了。陈微微愣了一下，说，你给我滚。赵林并不停顿，甩门而去。

赵林快到公司的时候，何妮妮来电话了，她说，陈微微不是你那个女朋友吗？怎么把毕可文扯进去了？赵林说，毕可文以前住虹口的时候，谈过一个女乐手，后来被你查出来了，你记得吗？何妮妮说，啊，记得。我看过她照片，气死了，一看就不是好人，我给全删了。赵林说，她就是陈微微。妮妮一时愣住了，电话那边好久没有声音。赵林继续说，我是单独认识她的，并不是通过贾老师。我也是后来才知道，就是去年在广州，有次被我看到他们俩互相发消息，我跟你说过，说我女朋友劈腿那事儿。何妮妮突然愤怒地说，那你那时就应该和她分手！我有时真的是搞不懂你们这些男人。为什么啊，世界上就这么几个女人吗？这样搞来搞去很有意思吗？赵林辩解说，我也觉得没意思啊，你不要骂我，我也是后来才知道她和贾老师之前的事情。何妮妮不说话。赵林说，晚上一起吃个饭吧？何妮妮直接把电话挂了。

下午快下班的时候，赵林又给妮妮打电话，她接了，说，我正好去中山公园，离你很近，我们就在龙之梦见吧。赵林说，好。

一坐下来，赵林就说，是我不好，我想过告诉你的，不为什么，总归得让你知道，但是后来分手了，我就觉得不说也无所谓了。何妮妮冷笑，那现在为什么又拿出来说？赵林说，昨晚发生了一件事，我觉得不好处理，觉得得说一下。何妮妮说，是吗？你说说看。赵林说，昨晚陪我们老板应酬客户，就在毕可文家对面那个夜总会，然后结束了不想回松江，就想去毕可文那里借宿，但是遇到他们聚众在吸不知道什么东西，肯定不是香烟就对了……你不要瞪着我，其实之前我知道，我还跟陈微微一起去劝过，结果昨晚陈微微也在里面。里面还有几个人我不认识，我估计是毕可文另外一条线上的朋友，要不要描述一下你看看是谁？

何妮妮愣在那里，半晌才说，可以啊，毕可文，太有长进了，大脑二次发育了，逼格爆棚玩上这些了。早跟他说，不要沾那个女的，他睡别人，我也闹，但这个女的，我当时就是彻底要求他掐断的，他竟骗我……赵林说，至于吗，不要混淆重点。我不觉得是陈微微带坏贾老师的，毕竟开始她还陪我一起劝过贾老师不要抽……何妮妮说，你知道个屁。她那个圈子，药多，毕可文就是认识她才接触这些的。赵林说，他们现在应该就是软性毒品弄一弄，还能回头吧？何妮妮很严肃地说，谁知道！那个女的很强，她有自制力，她能回头的，脸一抹当什么都没发生过，不像你们这些男人，掉进去就掉进去了。赵林觉得何妮妮是嫉妒陈微微，自己没来由地脸上挂不住，就坚持说，我还是觉得你把陈微微说得也太可怕了。何妮妮摇摇头，你不懂的，你们都吃她药了。赵林说，我跟她还谈了这么久哪。何妮妮说，我就见过她照片，我就知道她跟我们不一样。那不是我们这个阶级的。赵林听笑了，说，解放这么年了，还有阶级？她什么阶级？何妮妮说，总之你以后离她远点。赵林说，好。

两人突然冷场下来，只好自己拿着手机面对面按着。他们太熟了，并不会因为没有话题而尴尬。赵林看了一会儿手机，留神去听隔壁桌子一对男女谈分手。女的一头黄发，用沙哑的嗓子说，我知道你对我付出了很多，钱本来我应该全部还给你，但现在手头紧，先还给你1000，其他的你等我慢慢还。对面的男的是个中年大叔，面色如卤过的猪肝，只是摇头说，我跟你讲，感情归感情，钱一分都不能少。女的说，啊呀，你这样说，就没有意思了……赵林听得正愣神，何妮妮突然说，我要去日本了。赵林说，啊，这一天终于要来了？何妮妮说，是啊，佐藤君求婚了，我答应了。他要回日本工作，我打算跟他走。赵林心里有点难过，不知道说什么好，但商场里放着那么快乐的音乐，让他没有办法在这片喧闹中悲痛出来，只好挤出笑容说，那你去吧，恭喜你噢，不过又少了一个朋友。何妮妮说，嗯，还有一段时间哪，估计要到夏天了。我还在上海，还可以找我吃饭。赵林说，好。过了半晌又问，那我们还要帮帮贾老师吗？何妮妮说，看你，我顾不上他了。

陈微微离开公司后，她原先的工位一直空着。赵林发现自己习惯了进公司第一眼就望望那里。现在看着空空的桌面，心里一片怅惘。可也就是怅惘而已。办公室走个人太正常，广告公司总是像野马一样奔腾，循环往复，生生不息，不论多老的员工，一旦离开，那种痕迹便会很快被抹去。大家开始习惯加班没有你，拼饭没有你，一起唱歌没有你，出去郊游没有你，渐渐谈资中你也不再贡献新的话题，最后你变成了通讯录里的一个电话号码，茫茫人生游戏中的一个NPC。赵林从来不敢说起陈微微什么。倒是吴明，会在抽烟时和他感叹：“这个比稿要是陈微微在就好了”“新来的这个动画设计比陈微微差远了”“我们可以把这个项目外包给陈微微嘛”……又过了两个月，吴明也不再提她了。

但赵林还是在社交媒体上默默关注着陈微微和毕可文。陈微微的朋友圈把他屏蔽了，微博不再更新。但赵林通过毕可文的Instagram找到了陈微微的号。他买了个VPN，注册了一个小号关注她，每天上去看一眼。终于有一天，他发现陈微微和毕可文开始了共同旅游。毕可文的旅游动态先发在自己的小号上，但发了几张大约觉得没有意思，就又发回了自己的大号。他的大号本身是有几万粉丝的，这是他当这么多年摄影师攒下的。他拍的东西风景不多，多数是漂亮模特们的拍片工作花絮。有时是一条大腿，有时是半拉胸脯，凭着他对姑娘们肉体的原始热爱，这些照片拍得活色生香，很受欢迎，下面的评论里一半是要姑娘联系方式的小伙儿，一半是想找他约片儿的姑娘。不过毕可文倒是很谨慎地从来不发自己的照片。

应该是四月底的样子，五一放假前夕，赵林看到毕可文发了一张飞机场的照片，同步的，陈微微的号也更新了，不过她拍的是飞机翅膀。陈微微的号没什么人，她也没有发过什么了不得的东西，都是生活里一些简单的场景。尽管早就知道他们要一起出去玩，但一旦这一幕以照片的形式毫无保留地呈现在他面前时，那种熟悉的嫉妒感又从他心里钻了出来。每一次，在生活中，他都是被困住的那个人。他从没有办法像毕可文这样，陪着陈微微放心地去玩。陈微微和她在一起时，总是表现得那么努力，那么不爱玩乐，可他觉得她不是这样的，这是因为他，他是一个无聊的、只能工作的机器，他不是一个能够在庸常生活中创造出惊喜的人。就像他内心深处认定的，陈微微不喜欢他的真实原因：他为她提供的只是一个躲雨的屋檐，而不是一个真正的、崭新的世界。或者说，他也许能为其他人提供一个这样的世界，但那个人不是陈微微。尽管他也不认为摄影师是什么正经的艺术家，尤其是毕可文，他也不觉得陈微微真的喜欢毕可文。陈微微只是恰巧在少女时期遇到了他。他是个绝佳的玩伴，他也许不能提供深刻的生活体验，但和他在一起，总有有趣而轻松的东西，就像这次旅行，它并不是蜜月，可因为毕可文的存在，那个小小的途中的世界里，就有了美丽的姑娘，动人的光影，突然出现的大海，浪漫街角处骑自行车的青年——他的后座上正扎着一把鲜花……那都是动人的生命。可他，赵林，他在一个落满灰的，正快速朝着死亡衰朽的角落里。

赵林每天循例翻阅着毕可文与陈微微的照片日记，看着他们从上海到贝鲁特，到伊斯坦布尔，到柏林、巴黎、阿姆斯特丹、伦敦、冰岛，然后又折回佛罗伦萨、巴塞罗那……他琢磨着他们的飞行路线，他看到陈微微第一次在毕可文的照片里出现是在柏林，他也看到她穿着泳装出现在巴塞罗那的海滩上，他没有意识到她居然那么美，比他想象的还要美。他想起和她在一起的时候他们总是在阴暗的室内呆着。他也明白这些美是毕可文发现的。赵林也为她拍摄过照片，但从来没有拍摄出这一面来。他觉得非常后悔，但也说不清到底是为什么而后悔。

在赵林苦情不已的时候，世界仍旧以不可更改的方式在运转。

毕可文与陈微微的旅行被一个旅游网站盯上，在他们的运转下，两人以情侣的方式转战微博，并迅速火了起来。赵林正在办公室整PPT，吴明敲门，他拿着电脑，一进来就咋咋呼呼，说，赵总，给你看个好玩的！他也不管赵林在干吗，就把电脑屏幕塞在他面前，补充道，办公室都炸锅了呢，我们都算知道得晚的。赵林在屏幕上看到的是陈微微的一头白发和快乐的微笑，她正被一个精瘦的少年抱着，但少年背对镜头，没有露出脸，不过他一看就知道是毕可文。这是海边的一片沙滩，傍晚的样子，光线很好，夕阳是红色的。能看出拍摄照片的相机也很好，不然人脸会黑掉的。然后他看到微博下面的转发和评论数，都是上万发。

赵林惊了，问，怎么回事？吴明说，陈微微红了啊，有一段时间了！在季风旅游网有帖子，微博只是个传播载体。她帖子里说自己工作了这么多年，决定gap一年，跟男朋友一起环球旅行。她走之前跟老板大吵一架什么的，都写进去了，现在她成白领偶像了。我让传播部门研究了一下，应该是季风旅游网有推手，但是他们推了很多这样的人了，就火了陈微微。要点是照片好，据说照片全是她男朋友拍的，就是这个不露脸的小伙子。哎，他不露脸也是个噱头呢，大家都在猜陈微微的男朋友是谁，你说她在我们公司那么长时间，我们居然没有发现她有这么好玩的一个男朋友，不过感觉还稍微有点熟悉……后面吴明再说什么，赵林都没有在意听了，他看着屏幕上的那个照片，不知道说什么好。他只记得，陈微微和他一起的时候从不曾笑得这么开心，嗑了药那天除外。

吴明来办公室和赵林分享“红人陈微微事件”的时候还不是陈微微最红的时候，最红的时候要再过小半年。那时赵林去电影院看电影已经能看到陈微微代言的映前广告了，那时他旁边已经坐着另一个女生。他木然地看着屏幕上的陈微微，边上的女生说，啊，我好喜欢她。他看看旁边的小姑娘，摸摸她的头笑了笑。他觉得自己一定笑得比哭还难看。

作为离异单男，赵林最终接受了同事们的相亲建议，但对于相亲的对象，他总是提不起劲头。在密集地相亲了一个月后，他放弃了这个行为，因为他发现自己没有办法不拿陈微微跟这些姑娘比。他心里明白，他不可能通过相亲这种方式认识陈微微这种女生了，这完全是不一样的打开方式。而且最近，也不知道是不是脑瘤恶化，他开始觉得自己视觉和听力都有下降。他去了肿瘤医院检查，核磁共振、验血、肺功能、心电图、验大小便、CT……一套流程走下来，两个礼拜后，医生告诉他，那个东西还是在那里，并没有变大，问他是否考虑手术，他摇摇头。那个戴着眼镜的老年医生看看他说，小伙子这么棒，早做比晚做好。他还是摇摇头。医生说，那你回去吧，半年来一次，不用挂号了，直接找我，战略上要藐视它，但战术上一定要重视……赵林出医院后，看着外面的蓝天和阳光（也不知道为什么那天上海天气那么好），下定决心以后再也不来这个鬼地方了。

一起看电影的小姑娘是刚认识的。赵林前段时间带着一个女同事去上海商城附近开会，是一个金融类客户。一上午 workshop 做完，他们中午出来到新元素吃午饭。食物端上来之后，赵林上楼去洗手间，他出来后，旁边女厕所也出来一个女生，他低头往左她也往左，他往右她也往右，赵林只好停下来，看她，她扑哧一笑，抬起头来。好漂亮！洗完手下来，赵林看到她是一个人在吃饭，就坐在自己不远处。脖子上挂着一个工牌，应该是附近写字楼里的。姑娘穿着一条七分的牛仔裤，小腿从吧台边的高脚椅子上垂下来，细细的高跟凉鞋挂在脚上，脚踝的皮肤很白。赵林想了想，借故让女同事先走了。然后他看着姑娘吃好之后的当口，走过去说，你好，我是刚才楼上遇到你那位，有兴趣的话，认识一下呗，说完他把名片递给她。姑娘愣了一下，看着他嫣然一笑，又看看名片说，赵林，赵总，好，好啊。但她并没有回名片给赵林。赵林说，那打扰了，再见。说完转身离去。

这不是赵林第一次在公共场合搭讪，但这肯定是他搭讪到的最漂亮的姑娘。足足过了两天之后，她才给赵林名片上的手机发了个消息："嘻嘻，赵总，差点忘记联系您了呢，我是新元素见过您的Rita，还记得我不？"赵林一乐，心想，如假包换的小姑娘呢，于是回过去，"怎么会忘记。怎么样，美女是不是赏光一起喝个咖啡？"她回"好啊"。于是两人就这么认识了。

Rita是附近一家金融公司的市场部专员，刚毕业没多久，两人按着一般情侣的路数慢慢来，先吃西餐，慢慢吃到中餐，路边摊，然后开始看电影，最后赵林勉强答应跟她的同学们一起去唱歌。地方定的是辛耕路的优派。一进去里面全是看起来大学刚毕业的小姑娘，赵林一进去，她们一齐发出欢呼，Rita光荣地跟大家介绍她刚认识的“大叔”，边上的小姑娘则附和：“大叔，还有像您这样的大叔记得跟我介绍。”赵林认真地和她们拼酒，玩骰子，听她们唱自己没有听过的歌。喝到醉醺醺的，叫代驾，先送Rita，再送自己。他没有打算和Rita有肌肤之亲。后来一次吃饭，Rita似乎是故意把手机屏幕亮着摊在桌上，然后自己去洗手间，于是他看到了她和闺密聊的微信。Rita说，不知道为什么大叔不接翎子，不肯上床。闺密则眼睛雪亮地提醒，一定要验货，现在很多大叔忙于工作都不行了。赵林哑然失笑。

何妮妮走的时候没跟赵林打招呼，直到她突然在朋友圈贴婚礼照片出来，她已经在东京了。婚礼办了两场，一场是在教堂里，男人穿西式洋装，女人穿婚纱，另一场男女都穿和服，站在一个风景雅致的日本寺庙里。那个日本男人，赵林是第一次看到，想必就是佐藤。何妮妮看起来还是那么年轻，脸上挂着热情的笑，她像是在另一个世界里，而那个世界也充满着赵林不知道的东西。赵林曾去过日本旅游，但对于如何融入日本人的日常生活完全没有认知，他不知道何妮妮能否应对。渐渐地，他看着何妮妮陆续放出一些工作、郊游、朋友聚会一类的照片，她的妆容、发型也越来越不像普通的中国女生。开始他还给她点个赞留个言什么的，后来何妮妮突然从朋友圈里消失了。

而和Rita的约会也渐渐开始让赵林觉得无聊。Rita是个除了漂亮之外，几乎毫无亮点的女生。她除了衣服和包包，对世界几无认识。她家境优越，每天最大的烦恼无非是去哪里吃午饭。她不明白赵林为什么闷闷不乐，也不是很在意。她只是单纯地表现出一种对于职场前辈的崇拜，可她也不知道这崇拜除了年龄之外，还应该包含什么。这样的女生也许也没什么不好，但赵林就是一点兴趣也提不起来。他开始觉得自己本就不应该用这样的方式去认识姑娘。于是试图渐渐冷却关系，不再主动与她联系。Rita主动约了赵林两次，他找借口婉拒掉。她作的最后一次努力是，不打招呼突然把他拉进了全是她那帮闺密的微信群。他吓坏了，退群，然后把她拉黑掉，她便不再出现了。

Chapter 15

花园毁灭以前

吴明在周六下午的时候专门约赵林吃饭。赵林有些惊讶，但还是答应赴约。两人约在愚园路上的一间西餐厅。下午三点的时候，两人便装会面。吴明倒是开门见山，说，赵总，老赵，约你出来是因为这个事情必须在公司外面聊。赵林说，怎么了，你说说看？吴明个子小小的，像所有创意总监那样，戴着一副黑框眼镜，他Art出身，本身才华不高，但是在行业里浸淫多年，人脉资源丰富，知人善任，创意部的人都不好管，陈微微只是怪咖的一种，还不算最怪的，他能在十五个下沉的水桶上长袖善舞也是挺了不起的。而且他情商高，会说话，有他在的地方总有轻松自在的气氛。赵林挺喜欢他。现在明显他遇上难处了。

吴明说，这个事情我忍了很久了，实在接下去要影响业务了，我觉得不说不行。你知道，接下来还有个新客户要进来，加上旧有的，目前这些创意部的人员从下个月起，要同时服务六个客户。原本是按两个客户配的人力啊，一直说招人，但一直招不到，还走了一个陈微微。我本想是她即使走了，还能帮我做做外包，这样我们可以撑下去，可是陈微微现在做网红去了，环球世界，不接单了！我现在玩不转了。下面的几个人现在是天天加班，周六都时常被占掉，下个月新客户要进来了，我觉得再加一个的话，他们可能会爆掉的。赵林说，这个情况，你怎么考虑的？之前我们谈过，答应你找临时外包解决的啊。吴明说，之前我想的就是陈微微，然后我也有准备一个备案，结果备案那个人，老婆生孩子了。这下我傻掉了。这两人，是我的底牌。陈微微能力强，你知道的，那个人能力也很强，都是一个人顶一个团队的类型。现在好了，都没有了，我外面也去问过了，达到他俩同等水平的，都不是个人了，是公司。这个超过我的权限了，所以我来找你。赵林说，外包这块，确实创意部之前用的不多，现在要引进一家外包企业，从公司对个人一下变成公司对公司，这个成本上升得很大，能不能通过招聘解决？吴明说，现在什么时候？现在年中间，马上下半年了，这是最难挖人的时候，我天天在人事部门口晃悠，她们也疯掉了。赵林说，这样，那我周一找人事聊一下，然后再找财务算个成本，如果成本过得去，我跟大老板提。吴明说，那太谢谢你了，创意部的死活就在你身上了。赵林笑道，不要说那么夸张。你把你询过价的供应商发个邮件给我吧。吴明说，好的，好的。我让他们也出个详细介绍，他们也小公司，就比个人供应商高级了一点点，价格上应该差不多。

周一上班，赵林收到的第一封邮件就是吴明发来的供应商介绍，叫YC设计，联系人叫苏静。赵林直接把邮件转给了大老板和人事财务，然后写邮件说明了情况。大约经过一个礼拜的三家比价，最终YC设计成为了WH公司的设计外包。成本结算单从赵林这里过的时候，他看了一眼，发现基本工作内容确实主要就是陈微微之前负责的部分。赵林拿着计算器，细细核算陈微微之前的人力成本，又对比了一番YC的报价，发现她之前一个人创造的工作价值抵了四个人——而YC的报价还是三家里面最低的。心里再次禁不住赞叹了起来。也就是从那时起，赵林觉得，陈微微太优秀了，可能这样一个优秀的姑娘，本来就不应该属于他吧？

新客户很快在WH公司落地执行了。不同于以往的是，这是一个汽车客户。汽车客户预算高，要求也高，他们向WH公司提出了所谓“贴身服务”的要求，即客户服务团队原则上专职服务，不许同时服务其他客户；创意团队至少有三人专职服务，危机公关团队则要求7×24小时响应，对于赵林、吴明、王浚这种高管，客户也提出了所有重点业务会议必须参加的要求。接到的第一个任务乃是该汽车品牌中国官网的设计。设计风格上，要沿袭他们全球官网的设计风格，又要有自己特色——这些都是虚的，难的部分在于，国外的那个官网用了一个最新的页面技术，国内还没有开始使用。吴明、王浚在圈子里问了一大圈，没有找到一家会做的供应商。WH的商务部已经在通过全球总公司去联系全球官网的技术供应商了，就这个当口，YC公司突然跳了出来，说他们可以完成。这把WH公司的人都吓了一跳。他们之前根本就没有想过要问YC公司，因为他们太小了，按道理根本不可能有这种技术能力。吴明在赵林的办公室里接到YC的电话，说他们是从执行层了解到WH公司有这个需求的，说他们一直致力于这种技术的开发，说下午就可以过来开会。吴明答应了。

下午两点，WH公司创意和IT的所有人都坐在了办公室里，YC就来了俩人，一男一女。女的是老板苏静，男的自我介绍叫Hans，提案的是Hans，演示做得很漂亮。吴明和王浚着重盯着提案内容，赵林坐在对面打量苏静和Hans。苏静穿一件梅红色的毛料西装，系丝巾，看着跟赵林差不多年纪，很老成，短发，眼神坚毅，话不多，言语逻辑清晰，声音很亮。Hans比较像个技术男，胖胖的，但是很自信，他讲的时候，苏静会出来补充几句，苏静补充的时候他会停下来，不抢话，两个人配合得很好。演示设计的风格很素雅，内容也扎实，相关案例更是了不得，很明显，这两人肯定有国际大公司背景，估计是离职创业开的YC公司。最后，苏静出来总结陈辞，表示非常有决心和诚意合作，也希望WH能给他们这个机会。在专业部门分别给了几轮建议之后，会议结束。赵林会后拉了吴明、王浚讨论，两人都表示愿意相信YC公司。赵林答应了。

这个单子批了以后，YC公司的苏静亲自打电话给赵林，希望可以约他吃饭，赵林婉拒了，并告诉她说，这种事情，决定权在吴明，苏静以后联系他即可。最后苏静在电话里说，在行业里久闻赵总的大名了，一直想认识，这下看来没有机会了。赵林心想，我哪有什么名气，但嘴上还是说，想认识的话机会多了，你们好好做项目，多来提案，我们不就认识了。苏静说，那好啊，咱们一言为定。

毕可文和陈微微继续他们网红之路的过程中，知名度越来越高。赵林有一个判断网红真红假红的标准，那就是有没有真的进入商业市场，迅速标价变现。也就是在这段时间，不少媒体、供应商做项目提案的时候都会把毕可文和陈微微加进来，要么表示认识他们本人，要么表示认识他们的经纪人，然后郑重其事地把合作费用与报价贴出来，用投影仪投在WH公司会议室的那面巨大的白墙上。赵林和吴明常常看得哑然失笑，但也没好意思说“那个女生曾经在这里上过班呢”。现在的陈微微已经不是办公室里那个一天要换一套衣服的陈微微了，她已经成了流行文化的符号，成了白领对抗体制化生活的标签。她的着装、妆容、拍摄方式开始影响每一个人。她应该是个神话，不应该曾经坐在旁边的那个至今还空着的位置上。说起来HR不知道为什么还没有把那个位置安排给其他人，难道是准备申请名人故居吗？

赵林后来不常去看这对网红的Instagram了，因为他总能通过供应商的提案了解到最新动态。毕可文仍旧没有露脸，陈微微则保持着一头白发，但他们的图片拍摄质量明显更高了，图片处理得也更专业，但这种专业很高明，仍旧能让网友觉得，这就是他们旅途中随便拍拍的。愿意跟他们合作的优质品牌很多，连WH公司也有客户问过，是不是能贴靠他们的热点，做点即时营销。赵林开始觉得自己和陈微微的过往像没有存在过一样虚幻。他有想过给毕可文发个消息什么的，但几次编辑了一半就删掉了。

何妮妮不再发朋友圈了以后，赵林给她发过几次微信，但何妮妮都没有回复。某天晚上十二点多，突然何妮妮微信发来一段抽泣的语音说，老板，我觉得我在日本待不下去了，我要跟佐藤离婚了。我们已经分床睡。今天我在外面住宾馆，他来下跪道歉，求我回去，你说我要不要原谅他？赵林听了以后一阵震惊，但细想想又觉得在情理之中。何妮妮这样一个性格，这样一个岁数，跑到日本去，整合进那个社会，太难了。他回了何妮妮说，不要着急，慢慢说。一会儿工夫，何妮妮发过来几十条语音。他索性打开扬声器，慢慢地听着。

何妮妮嫁的佐藤在银行上班，年纪比何妮妮还要小五岁。来上海实习游玩的时候，在景区问路认识的何妮妮，视何妮妮为初恋（后来知道他是忽悠的，在日本他还有没分手的女友），没多久就表示要娶她。一开始何妮妮当他说着玩，没想到日本人这么认真，还在上海投资开了间西餐店——其实就是为了泡她。后来介绍何妮妮给自己妈妈，然后两边家长见面，就这么定了下来。开始部分美得像童话，后面才发现佐藤实在太不成熟，经常把工作的压力苦闷带到家里，何妮妮除了他没有社交圈，天天就是安慰他，后来佐藤发展到天天酗酒，喝醉了甚至还打何妮妮。没多久何妮妮受不了了，可她没有工作，如果离婚就会没有签证。她和上海的父母都沟通了，父母让她离婚回来，她又觉得丢脸。赵林听了半天，不知道该怎么安慰，说，要么你回来待一段？不要想着离婚，我可以收留你。何妮妮没有回话。不过第二天一早，赵林看到何妮妮发了条正能量朋友圈，说是在游园。心下稍安。所以当他一个礼拜后接到何妮妮电话，说她在上海的时候，大大地吃了一惊。

那是个中午，赵林叫车出来，到了何妮妮住的花园饭店。两人约在楼下咖啡厅。赵林一见面就笑，何妮妮，从日本回来了，但还是中国人啊，为什么要住花园饭店？真当自己外宾吗？何妮妮却笑不出来，说，唉，有个会员卡可以便宜呀。她头发染成淡淡的棕色，烫成微微的大波浪，散在肩膀上，她不断地挽着头发，露出精致的耳钉，脸上的妆也比一般的中国女孩子要厚了。她穿着暗金色的丝质衬衫，深蓝牛仔裤，手上挂了好几个戒指。赵林盯着她的包包，说，妮妮，你看着真的不一样了呢。何妮妮说，是吗，好看了还是难看了？赵林说，肯定是好看了，不过，有点不习惯。太精致了。跟以前不一样了。何妮妮黯然。赵林说，你真回来了？何妮妮说，是啊，不过过几天就得回去，我在找工作了。赵林说，你真要离婚？何妮妮说，是的，我已经决定了。我要靠工作签证才能留在日本了。赵林说，之前我一直不知道你和佐藤的关系是什么样的。何妮妮说，之前还不错，不然也不会嫁给他。赵林说，那后来怎么回事呢？何妮妮说，感觉到日本之后，共同生活了，才能真的认清楚他。赵林说，他不好吗？何妮妮说，不好，他内心太黑暗了。赵林说，我内心也很黑暗的。何妮妮看看他认真地说，那也是我能接受的那种黑暗。赵林不说话。

何妮妮接了一个日文的电话，赵林也听不懂，就坐着看她。看她坐在中午的阳光里，用流利的日语和那边交流，然后皮肤白得几乎像是透明的。最后她接完电话站起来，说，我实在累死了，我去做个massage，我们晚上一起吃饭好不好？赵林说，好。然后何妮妮用日文电话订了一个附近的按摩，自己先走了。赵林看着她的背影，觉得她越发像外宾，也越发漂亮了。

晚上，赵林到花园饭店找何妮妮，表示要让她祛一祛身上的外宾味儿，于是两人在附近吃了一顿本帮菜，何妮妮看起来从忧愁里解脱了一点点。吃完之后十点多的样子，两个人沿着茂名路逛。何妮妮说，老板，你现在有女朋友了吗？赵林摇摇头。何妮妮说，你还忘不了那个陈微微啊？赵林说，不是，是没什么合适的。何妮妮说，一个人也挺好的。赵林笑，你现在肯定觉得一个人好。看你跑到上海，像个刚被放出监狱的犯人似的。何妮妮也笑，说，真是有这感觉，觉得东京太窒息了。赵林说，谁说的，是你窒息，不要怪东京，我觉得东京还挺好。何妮妮说，我也挺喜欢东京，其实我工作了一小段时间，但是佐藤不让我工作了。那段时间里，我和同事们一起出去玩玩，还挺有趣的。赵林说，他为什么不要你工作啊？何妮妮摇摇头，不说话。赵林也沉默。何妮妮问，老板，你的病怎么样了？赵林说，好像还没事。医生说了，随访。另外战略上要藐视，战术上重视就行了。何妮妮说，老板，我觉得你好强大。赵林说，哪有？何妮妮说，你真的挺强大的，比我强大多了。赵林说，我也崩溃过，但我觉得不能没病死，却自己把自己吓死了。何妮妮说，老板，我要努力在日本留下去，你以后可以来日本动手术。赵林说，说不定这瘤子一辈子都不长大呢？不要乌鸦嘴，快呸呸呸。何妮妮说，呸呸呸。赵林笑道，也就和你讨论一下病情了，别的人都不能说。何妮妮说，你以后得告诉一个人，这样一旦有点事情，身边有个人照应一下你。赵林说，呵呵，你觉得这个人应该是谁？何妮妮沉默。两人觉得索然无味，掉头回去酒店。

赵林将何妮妮送到酒店房间门口，何妮妮说，不进来吗？赵林看看她雾一样的眼睛，叹了口气。进了门，两人也没有开灯，就窝在沙发前的地毯上，看着窗外。没有人说话，过了一会儿，两个人轻轻地接着吻，搂在一起。何妮妮说，老板，你真好。赵林不说话，只觉得夜晚又安静又漫长。这里楼层很高，似乎隔壁也没有什么人。一旦两人安静下来，就几乎一片死寂。赵林看着怀里的何妮妮，说，要么喝点酒吧。何妮妮静了一会儿，突然开始笑，然后骂道，你太坏了，没有酒就不想和我睡了吗？赵林说，不，不是。是太久没见了。而且你这个打扮，我说了，觉得一股凛然之气，觉得不可侵犯。何妮妮说，又胡说八道。赵林说，没有胡说，是真这么觉得了。而且总怕把什么地方弄坏了。何妮妮又笑，说，酒不多，只有mini bar里的小瓶装了。赵林说，也行。于是两人一人拿了一小瓶威士忌抿着。何妮妮靠着赵林说，老板，不管你想不想，我想。赵林说，你以前没这么奔放啊？何妮妮说，那就是你想错了，我也是毕可文调教出来的。赵林不说话。何妮妮接着说，我和佐藤很久都没有过了。说完低下了头。过了一会儿，赵林扭过来看她，轻轻叼住了她的耳垂。

第二天赵林去上班，并把松江房子的钥匙给了何妮妮，嘱咐她不要浪费钱了，后面几天退掉酒店，住过去好了。何妮妮答应下来。晚上赵林回家，何妮妮烧了菜，两人坐着吃，赵林跟何妮妮说了毕可文跟陈微微在网上大红的消息。何妮妮听得哈哈大笑。不过两人翻看照片的时候，何妮妮突然骂了出来，说，毕可文真是狗改不了吃屎。赵林问，怎么了？何妮妮指着一张照片说，你看这个，这个是他们在阿姆斯特丹拍的，这个店，叫coffee shop，这其实不是卖咖啡的，是卖大麻的。赵林说，还有这事儿？何妮妮说，是的，国外人们都知道。赵林看了看，发现果然这张照片毕可文只发在了Instagram，没有敢发在微博。赵林突然问，你说他们俩会不会真的复合了？何妮妮看看赵林说，你琢磨这个事儿，会让自己心里舒服吗？赵林摇摇头。何妮妮说，搞一搞是有可能的，但复合我觉得是不会的。陈微微看不上毕可文的。赵林说，毕可文嗑药的事儿看起来是没办法了。何妮妮说，反正他们俩现在有钱了，咱也管不着了。不过毕可文照片真是越拍越好了，他真挺厉害的，大学毕业开始学摄影，到现在有这个成就。那时我一直反对他，希望他好好找个工作，然后我们一起供房子，结婚。现在想想，好幼稚啊。赵林说，那有什么好，你看我和叶小枚，倒是供房子，结婚，一样没落下。结果呢？比你好到哪里去了吗？生活又不是你想怎么样就怎么样的。何妮妮说，有没有想怎么样就能怎么样的人啊？赵林想了想说，有，但是成为那样的人，我们是没戏了。比如陈微微。何妮妮说，操，那我也不要变成她那样。赵林笑笑不说话。

CHAPTER 16

金色的日子

毕可文和陈微微要回国举办摄影展的事情还是媒体先爆出来的。当今最火爆的白领情侣摄影作品北上广三地巡展。广告冠名也卖掉了，是一个洋酒品牌。还有一个噱头是，从来没有在照片上露过脸的毕可文会出现在活动现场，因为他才是这些作品的摄影师，而陈微微不过是他的模特。赵林是在手机上看到这条新闻的，吴明还转发到了朋友圈。赵林过去点了个赞，吴明就来敲他办公室的门。吴明说，你去吗？赵林说，不去。吴明说，陈微微还算有良心，寄邀请函来了。赵林说，邀请了谁？吴明说，展览是免费的，不过她说凭我们公司的名片，都可以享受自助餐，小姑娘挺好，没有忘本。你真不去？赵林说，真不去。吴明说，创意部全体都要去，提前申请那天不加班。赵林说，好吧，提前把单子给我递上来，我考虑要不要批准。吴明说，你要不批，我们集体辞职。赵林笑道，那我把创意部全部外包给YC。吴明说，提起YC，他们最近提了好多案子，感觉很积极啊。赵林说，是吗？他们活儿好吗？吴明说，很好，尤其那个Hans，真是个人才，要不是看苏静的脸面，我一定要把他挖过来。赵林说，苏静和Hans什么背景啊？吴明说，也是在4A很多年，苏静是AD，Hans是CD，服务多年的客户丢了以后，两人出来创业了。苏静靠谱，Hans有才华，后面听说追着好多人想投资，真做得挺好的。赵林说，能把他们俩一起挖过来吗？吴明说，挖过来不可能，那得收购，我估计孙总都定不了，得大中华区CEO才能推动的事情，我们就别掺和了。并且我觉得，这种小的公司，就是在体外比较好，而且人家管理灵活，真要被我们收购了，肯定能干的人都套现走了，得不偿失。赵林说，说得也是。

就在跟吴明谈话之后没几天，苏静又给赵林打了个电话，说有事求助。赵林说，求助不敢当，苏总有事请直说。苏静电话里不肯讲，一定要到公司来拜访，赵林只好答应下来。上午打的电话，下午苏静就来了。她仍旧是一身职业装，干练精神，充满能量的样子，她眼睛笑起来弯弯的，坐在赵林对面说，赵总，您好难约啊。赵林说，不敢不敢，具体业务我看得不多，吴明也管得比较好，我就不多插手了。苏静看着他说，你不看具体业务好可惜的。赵林说，苏总为什么这么说？苏静说，我团队里有之前CC公司的人，提起您的名字，都崇拜得不行，说你当时业务里攻城略地，才华横溢，教了他们很多东西。还有人说，不管多大的事情，只要您一出马，他们马上就心定了，不慌了，所以我一直特别好奇您是个什么样的人。上次大会，就看到您一眼，也没来得及说什么。赵林说，真是蒙CC的同事们谬赞了。不知现在在YC的CC同事是哪几个？苏静说，是Joe、Lisa、Jacky，都是之前你团队的。赵林说，难得他们还记得我，帮我问好了。苏静说，记得的，你什么时候有空可以来YC坐坐。赵林说，好。苏总今天到底有什么事儿，可以直说了吧？苏静说，不说了不说了，事情我让下面的人发邮件来，也就是您点个头的事情——不点也无所谓了，今天主要还是想见您。不说有事儿估计您还是不肯见我。赵林笑道，苏总真是个妙人儿。苏静脸一红，说，那我告辞了。赵林一路把她送到了电梯口。

待到快下班的时候，吴明进来说，YC出了个邮件，希望我们可以预付项目费用。赵林说，他们应该知道我们的规定，这是不可能的啊。吴明说，是啊，是知道的，不过他们项目经理说，他们苏总和您沟通了，说您同意了。赵林说，原来是这事儿。她倒确实是亲自跑了一趟，跟我一通乱聊，却没有说正事儿。吴明说，那这怎么处理？赵林说，项目情况跟我说一下。吴明说，这个项目比较特殊，YC申请要预付的不是制作费用，是第三方媒体费用，其实就是YC做的东西，客户要用陈微微和毕可文的微博来推广，然后YC去谈了，结果那边经纪人要求预付。赵林说，多少钱啊？吴明说，100万。赵林说，不用他们俩不行吗？或者不要从YC走了，我们自己去采购呢？吴明为难地说，这个项目其实一开始只有制作，传播费用是YC一起去客户那边提案争取下来的，说好走他们了。赵林恼道，那就是挖坑给我们，一定要垫付了？吴明说，也不能这么说，一开始没想到经纪人要求垫钱啊。赵林说，你先出去，让我想想。

吴明出去以后，赵林坐在椅子上盘算了半天，然后给苏静打电话。电话刚响了一声苏静就接起来说，赵总，您电话总算来了。赵林说，苏总，你这个圈子绕得够大的。苏静说，赵总，这钱你们公司垫不了的吧？赵林说，你应该知道的。苏静说，我懂，我之前也经历过。赵林说，那你说怎么办？苏静爽快地说，我在这里可以承诺，钱我们YC垫了，我们是小公司，也希望赵总明白这样做我们压力有多大。赵林说，好啊，那就这么解决了。苏静说，你要请我吃饭。赵林笑道，好，非常荣幸。

赵林挂了电话叫来吴明说，YC答应垫付了。吴明奇道，YC能垫出100万？赵林说，反正苏静答应了。吴明说，他们还真是牛啊，估计有背景的。赵林说，不知道，但我觉得苏静是早就想好了，她绕了一圈，就是想让我欠她人情，这个女人太厉害了。吴明说，YC肯定是个有出息的公司啊。赵林点点头。

毕可文和陈微微摄影展那天，赵林下班也没有回家，坐在办公室刷朋友圈，看创意部的人直播现场实况。现场在MOCA，地方挺大的，应该是主持人简短开场之后，毕可文便出场作发言了。照片里的他戴着棒球帽、大墨镜，穿着夹克衫、牛仔裤，还是那副鬼头鬼脑的模样，看起来真的很像Justin Bieber，倒是边上的陈微微穿一身小礼服，敞敞亮亮地站着，一看就是见过大场面的样子。赵林想起他和毕可文之前的一段对话，也是他们刚认识的时候，赵林拿着毕可文那张用硫酸纸做的名片说，Justin？ Justin Bieber的Justin咯？

毕可文严肃地说，不，不是，是Justin Timberlake的Justin。赵林想到这里，不禁自己在位置上笑了起来。最后他给毕可文发了个微信："贾斯汀·比伯老师，你把自己遮得那么严实干吗？预祝摄影展成功，前程似锦，财源滚滚。"然后收拾东西出了办公室。

出来后，赵林百无聊赖，他翻朋友圈，看到苏静在吴明的朋友圈底下发评论，就发了个微信过去，说，你也无聊啊？要么一起吃饭？苏静回信说，不要，哪有你这种人，临时约我我没有空的，就是有空也不能说有空的。赵林笑道，好，那我提前约你明天的时间。过了一会儿，苏静回过来说，算了，我是老女人了，不该奢望小姑娘的待遇，赵总在哪里，我过来。赵林说，我在公司，咱们约北京西路的大仓吧。我估计半小时就到了。苏静说，我在人民广场看网红摄影展，过去应该比你快。赵林说，好。

和毕可文不来往之后的那段时间里，赵林本不再去大仓了，但他前面一时也想不出什么想去的地方，鬼使神差地又把苏静约了过来。这会儿正是生意好的时候，他先电话给谭老板订位置，谭老板说，有，你过来随时有位子。赵林又电话给苏静，让她进去报自己名字。待他到的时候，苏静已经在包间里等了一会儿了。他一进门谭老板就一副自以为得计的表情，仿佛在说："哎哟，这个姑娘之前没见过嘛。"赵林跟谭老板笑笑，自己进去坐下。

苏静说，赵总来了，怎么不去看展览啊，我看到你们创意部是倾巢出动了。赵林说，没兴趣。苏静说，其实挺有意思的，年轻人的东西，看了让人觉得自己青春都虚度了。赵林说，展示出来的东西，都是精挑细选投其所好的，苏总广告做了这么多年，难道还看不穿吗？苏静说，讨厌啊你，就不能让我少女心一下吗？你们这些男人，活得这么不放松，有意思吗？赵林说，上了年纪，对虚头巴脑的东西兴趣不大了。苏静说，是吗，怎么一副看破红尘的样子，赵总哪年的？赵林说，1978。苏静说，那比我还大两年。赵林说，那要叫我哥哥了。苏静脸一红，说，我要认你这个哥哥，你可得照顾我了。赵林说，那要看怎么照顾。苏静给他倒酒，说，你想怎么照顾？赵林说，谢谢苏总垫款。苏静拿着清酒一饮而尽，说，没意思，净和我谈生意。赵林说，不是生意，这一杯敬的是人，不是事。苏静说，这话我爱听。赵林不说话。苏静接着说，赵总是不是觉得我有点难缠？赵林说，没有。又说，也习惯了。苏静说，也是，要麻烦你拜托你的人多了去了。赵林说，不是这么说。我的工作也主要是处理这些东西。苏静说，赵总的气度不凡，我想交你这个朋友。赵林说，好。

两人喝到半醉，又都开了车，最后分别叫了代驾回去。在路上，赵林收到了毕可文回的信息："WH公司的人都来了，我和微微以为你也在现场，结果找了半天没有找到你。在上海待不了多久，你明天晚上有没有时间，我们聚一聚？"赵林回道："晚上加班，但一直有关注你们的。明天可以啊，你们几个人，我定地方。"毕可文回："就我一个人，我们还是大仓吧。"赵林苦笑一声，回道："好的。那明晚大仓见。"他想问问陈微微怎么样了，为什么不一起，但终究没有问出口。

第二天赵林到大仓的时候，毕可文还没有来。谭老板说，啊，今晚又来了？赵林说，不欢迎吗？谭老板说，太欢迎了，恨不得你天天来。赵林说，一会儿贾老师来，不要让他知道我昨天也来了。谭老板说，你放心。

毕可文到的时候仍旧戴着棒球帽和墨镜，低头进了包厢。赵林看着他说，你至于吗？真把自己当Justin Bieber了？毕可文摘了帽子和墨镜说，我觉得这样打扮还挺好的。嘿嘿，昨天发布会过了，还是没有一个媒体认识我，哈哈。然后又顿了顿，说，微微也想来的，但她已经不能在这种地方吃饭了。认识她的人太多了。赵林愕然道，露脸的人果然付出的要多一点。毕可文说，是的，会改变人生的。赵林问，怎么样，你们俩复合了吗？毕可文看看他说，是不是特别担心啊？我就知道你要问这个。赵林说，看你们拍了那么多情侣照，都变成大众爱情偶像了。毕可文说，合作挣钱而已，不可能复合的。一开始只是想着把机票酒店钱赚出来，后来旅游网站找上门来，下了大本钱推我们，一下子就失控了。赵林说，想也是这样。毕可文说，陈微微一开始不肯的。也是我，我欠钱太多，求她帮我。她那个气质，上镜效果绝对是独一无二的，前提是她真的肯出来。但后面红成这样，脱离控制，她也没有想到，觉得像做梦一样。赵林说，挺好，这个梦挺好的，现在我出去跟人家相亲，认识小姑娘，问问人生理想是什么，十个有八个，都得说是想变成你们俩那样。毕可文哈哈大笑，说，看着是很风光啊。赵林说，怎么样，经济要自由了吧？毕可文摇摇头说，这次摄影展是最后一炮，陈微微不玩了。赵林说，这确实是她的性格。毕可文说，所以我打算以后弄点别的了。赵林说，那你要好好想想了，或者再找个姑娘，说换了个女朋友，再去旅行一圈……毕可文说，怎么可能，陈微微这样的奇葩，再没有第二个了。赵林说，评价这么高啊？我这么评价她可以理解，你也算万花丛中过了，也这么说。毕可文说，我年轻的时候是不挑食，但回过头去想想，陈微微是很特别的，当然她比不上我家何妮妮，可她气质好啊。赵林说，何妮妮呢，是什么气质？毕可文说，何妮妮啊，天生的老婆气质啊。当老婆最合适了，可她脑子坏掉了，一定要嫁给日本人。赵林说，她的事情我也知道，朋友圈直播了。毕可文说，我给她发了不少消息，她都不回，也不知道她怎么样。赵林说，她没事，她还挺好。毕可文说，陈微微还是关心你的。赵林不说话。毕可文又说，但也没有太关心，所以你不要多想了。赵林说，在她身上，我不会再有什么幻想了。毕可文点点头说，你要不介意，我给你介绍点姑娘。赵林说，谢谢，不用了，我现在觉得一个人挺好。

毕可文说，其实我还有个事儿。赵林说，快说。毕可文说，你的钱我不还给你了，就当你入我的股，好不好。我现在还给你两万，或者20万也没有什么意思，但入股的话，我开个公司，你占一半股份，算我们合资，怎么样？赵林说，你开公司干吗？我又能帮你干吗？毕可文说，我和陈微微赚了很多钱，现在找着要跟我们合作的机会很多很多的，有这个知名度在，我觉得随便干什么都能赚的，哪怕我的淘宝店，现在卖衣服都比以前火爆了太多。赵林干脆地说，不要，你就把两万块还给我好了。毕可文笑道，靠，还拒绝我，我追着你屁股合作这么多年，你是不是一直觉得我不靠谱。赵林说，不是，上次不合作是觉得时机不好，现在是因为我想法已经变了，我觉得你不应该是我的生意合作伙伴，你是纯朋友。我不想跟你有利益纠葛。毕可文说，你想得真多。好吧，那就纯朋友好了。不过，老赵啊，你到底追求什么啊？广告公司做着有什么意思啊？我很多朋友都不做了，又累，赚得又少。赵林说，我在工作上自有我的追求。毕可文说，那个人生活上呢？不想赚钱吗？赵林说，我现在啊，只想遇到一个合适的姑娘，得睁大眼睛好好选了。毕可文说，我觉得陈微微不懂你的，她不适合你。赵林说，是吧。毕可文说，那叶小枚呢？叶小枚不懂你吗？赵林说，叶小枚那是我懂她。毕可文说，我过去想要一个不管我的女朋友。现在发现只要是女朋友都要管。赵林说，你还是不要考虑我们凡人考虑的问题了，你老老实实按你的逻辑活着，大家都太平。毕可文说，别这么说啊，我也有理想啊，我希望以后世界上的人都能接受开放性关系的恋爱。赵林说，呃，年轻人，你会被卫道士们抓起来判刑的。如果是中世纪，你还会被绑在柱子上烧死。毕可文说，其实大家都希望这样的吧，就是比较虚伪罢了，除了自己真能忍住的，都是各自悄悄自行开放的吧。赵林愣在那里，看着毕可文仍旧一脸认真地考虑着。最后毕可文说，但精神是可以排他的，这么多年，我只爱过何妮妮一个人。

送走毕可文之后，赵林在回家的路上想，如果毕可文知道自己和何妮妮的关系会怎么样？或者毕可文早就知道了只是没有说？何妮妮欣赏赵林超过欣赏毕可文，毕可文并不是第一天知道。可毕可文看起来总是一副神游物外的样子，他标榜开放性关系到底是不是叶公好龙呢？赵林觉得想不清楚，就给何妮妮发了个微信："我今天见到网红毕可文了。"何妮妮回复："我今天找到新工作了。"赵林说："大恭喜！"何妮妮说："这样我也可以从佐藤家搬出来了，我能租房子了。"赵林说："加油。"何妮妮回复了一个挥拳奋斗的表情，自始至终对毕可文绝口不提。

之后陈微微果然不再出现在毕可文的照片里，那个微博变成了毕可文一个人的不露脸的旅行记录。陈微微所有的社交网络账户都停止更新了，连墙外的Instagram也没有幸免。网上疯传她和毕可文分手了，毕可文从来不解释，网上传了一段时间之后风头过去。毕可文的微博渐渐关注度回落下去，变成了一个平庸的，网络摄影师的微博。他仍旧接姑娘们、情侣们的客片，照片还是之前的那些风格，然而缺少了陈微微的画面，变得单调，没有话题，仿佛失去了某种想象力。WH公司的策略部门还专门做了一个PPT回顾整个事件，他们分析了整个事件的起源、经过、转折点，也探讨了能够爆红的原因，多数都是广告公司常见的废话，但那个策略经理有一句话让赵林记住了，他说，陈微微是整个事件的关键，当她出现在画面上的时候，照片的故事性被加强了，被赋予了更大的想象空间。人们得以将自己的情怀代入其中。当她淡出之后，那个摄影师自己不肯露脸，他单靠自己的拍摄技巧又是撑不起这个想象空间的。策略经理最后的总结是，很可惜，这两人不应该分手，如果一直恋爱下去，最后结婚，这个生意就能一直做下去，因为核心就是人，以及人与人的关系。

CHAPTER 17

那些走掉的人

苏静第二次打电话来约赵林，是在星期一的一大早。她给出的理由是喜欢吃大仓的海鲜锅，上次吃完之后“做梦都想吃第二次”，可是又怕“赵总太忙，所以周一赶早来约”。赵林答应了，苏静表示是她回请，赵林没有多说。但那个礼拜赵林太忙，时间一直排到礼拜四晚上。赵林迟到了，又是苏静先到的。赵林一进门发现谭老板居然不在，然后店里换了一个很活络喧闹的大堂经理，虽然挑不出毛病，却说不出来地怪。点好菜以后，赵林把服务员叫过来问。服务员说，老板换掉了。赵林问，什么时候的事情？服务员说，换掉一个月了。赵林问，现在的老板是谁？服务员说，不认识，老板应该有两人，一个不常来，另一个日常管理的老板刚也去另一家店了。赵林说，怪不得。服务员以为他要投诉，就急道，先生，您有什么不满意的吗？我们经理在外面的。赵林挥挥手说，没事，挺好的。服务员去了以后，苏静问，你和这里的老板很熟？赵林说，是啊，这个老板，想想认识有六七年了。苏静说，这么老的店居然肯卖掉。赵林说，也不知道会不会影响口味。苏静说，对的，不知道会不会换厨子。两人聊着，待菜上来，略微一尝，发现厨子没有换，味道没有变化，才松了一口气。

赵林说，厨子看来是留下来了，但店的味道还是变了。这种小的日料店，就得老板自己亲自盘才能盘好。原先的谭老板，自己整天站在门口迎客，然后跟客人聊天。但他也很有眼色，分寸把握得好，不让人觉得讨厌。而且只要是来过一次的客人，他名字都记得住。苏静说，挺了不起的。真不知道为什么不做了。赵林说，现在实体都不好做。你的公司怎么样？苏静说，承蒙你关心，还可以。赵林说，不要跟我说什么客气话，可以听你倒倒苦水的。苏静说，以前在广告公司的时候，觉得自己是个广告人，现在自己公司开出来了，觉得自己变成了生意人。日常在想在做的事情，离广告已经蛮远了。想想这也是没办法的，公司里那么多员工要发薪水，每个月固定有数字要开销，这些都是我要考虑的。不是单纯把项目做好那么简单的了。赵林说，那100万我们财务还没回款吧？苏静说，没有。但这是支持赵总，我也认了。赵林说，项目结束了，前几天我听说客户还挺满意，所以你不要担心，让下面尽快把结算单拉上来。我们一定按时回款，你们只要保证项目的执行质量，这一块我来承诺你。苏静满眼感激地说，好！谢谢赵总体谅。过去是同事们说你了不起，今天我是真的觉得你了不起。赵林正色说，苏总嘴巴很甜，我是领教过的，但人归人，事归事，如果事情做不好，我也是不会放过你们的。苏静说，明白明白。赵林问，你是怎么挖到Hans这个宝贝的？苏静说，我跟他搭档了六年，服务一个大客户，后来全球比稿，我们前公司国外比稿输掉了，中国跟着丢了，然后我们一起出来了。赵林说，现在那么多人卖公司，你们会卖掉吗？苏静说，现在还不想卖，还不想退休。赵林点点头。

两人正说着，突然服务员带了一个人进来。赵林愣在当场，服务员说，两位好，这是我们叶老板，有什么事您可以问她。叶小枚站在服务员身后，眉毛挑了挑说，赵总你好。赵林说，小枚，你怎么在这里？叶小枚对服务员说，你先出去。苏静在一边乖巧地不说话。叶小枚打量了她一番，对赵林说，毕可文把这个店买了，让我帮他看店。你们约会啊，那我先出去了。赵林点点头。叶小枚对苏静说，您慢用。然后转身出去。苏静说，赵总和这位叶小姐认识？赵林苦笑道，她是我前妻。苏静愣了一下，看看赵林说，赵总，我们加酒。赵林抬头看她。苏静严肃地说，赵总，老赵，本是生意往来，不想得知了你的隐私。你要当我是朋友，肯和我说，咱们就不醉不归了。赵林点点头，这也是机缘。我心里这会儿不是很好受，姑且就跟你说说。

苏静把服务员叫来，又叫了一瓶清酒。自己倒满，又给赵林倒了一杯，说，干了。赵林说，我和她离婚有两年多了，我对不起她。苏静说，婚姻这个东西，没有对得起对不起。赵林说，她从学校出来就跟了我，人生的爱情经历里只有我。苏静说，事由两来，莫怪一方。赵林自斟自饮着说，我现在看到她就内疚。这段时间早上起床，常常在开车路上想起她来，不禁就难过得不能自已，要靠边停车，专门花时间在路边难过，难过完，才能继续开。天天如此。苏静说，现在后悔了？赵林说，说是不后悔。但今天不怕告诉你，其实后悔了。苏静自己也喝了一杯说，谢谢你告诉我。赵林说，很多事都要到后来才知道自己做错了。苏静说，你到底做了什么？出轨了吗？赵林说，不止。苏静说，还有什么？再坏的事情感觉你也做不出来啊？赵林说，我一直觉得她不爱我，后来终于到那时，觉得自己不爱她了。苏静说，那你想过复婚吗？赵林说，不可能复婚了。苏静说，为什么？赵林说，回不去了。苏静黯然。两人不断叫酒，总共喝掉四瓶。苏静居然没有太醉，赵林说，你酒量真了不起。苏静说，你们还有联系吗？赵林说，没有了，我怎么敢联系她，我真没想到在这里遇到她。两人出来的时候，叶小枚已经不在外面，倒是毕可文笑嘻嘻地坐在店里。赵林说，不跟你聊了，太醉了。毕可文扶着他说，你稍微坐一下，我马上关了门送你们回去。

等赵林第二天早上醒来的时候，发现是在自己家里，再一看苏静睡在自己身边。他想了想，觉得什么也想不起来。但他心里并没有什么难过的情绪，他推推苏静，苏静醒过来，看着他说，你醒了。赵林说，我们发生什么了吗？苏静瞪了他一眼说，我衣服都没脱，什么都没发生。我也醉死了，应该是你那个朋友送我们回来的。赵林给毕可文打电话，响了好几声他才接，毕可文乐呵呵地说，怎么样，摆平那个姐姐了吗？熟女风噢老赵，你可以的！那对胸，啧啧……赵林说，你他妈声音小点，人还在边上呢！毕可文说，啊，还在边上啊，不错不错。苏静在边上翻白眼。赵林懒得解释，说，先谢谢你送我们，再问你为什么要把她送到我家来？毕可文说，那姐姐也醉晕了，我只能把她送到你家了啊。这怎么能怪我。赵林不说话，毕可文说，记得请我吃喜酒啊……赵林把电话挂了。

苏静转过来看着他说，赵总，想不到我们会睡在一张床上。赵林老脸一红，不知道该说什么好。苏静说，这是你家？买的吧？赵林说，是的。买了很多年了。苏静说，挺好，这是哪里，怎么觉得安静得不像市区。赵林说，这儿是松江。苏静说，怪不得。赵林说，我得去上班了。苏静说，我也要去公司。能借你这里洗个澡吗？赵林说好。苏静先洗，洗的时候，赵林在外面等，待到苏静洗好，赵林看着她热腾腾地从浴室里裹着浴巾出来，不禁笑了起来。苏静说，赵总，你笑什么？赵林说，苏总这时有一种不为认知的、莫名的亲切感。

是的，莫名的亲切感。平日里的苏静总是一身套装，精致、得体、低调。后来赵林总是会想起苏静从浴室里洗好澡出来的那一幕。浴巾裹得严严实实，有点丰腴，但不让人觉得胖，脸上挂着红晕，头发半干。

苏静说，赵总快洗，洗好我们进城，不要胡说八道。赵林洗完澡，开着车带苏静进城。路上正开着，苏静突然说，一般就是在这种时候想起叶小姐吗？赵林愣了一下，说，是的。不过我一般都是一个人。苏静说，以后别想了，往前看。赵林点点头。苏静说，离婚后谈过女朋友吗？赵林说，谈过，又分了。苏静点点头，问，刚分的女朋友，是什么样的？赵林说，一个很聪明的女孩子，不合适我，还是不耽误人家了。我现在这个状态，还是自己一个人过比较好。苏静说，闲了可以找我聊天，我随时奉陪。赵林说，好，没问题。过了一会儿，苏静说，你不要敷衍我，我说真的。赵林说，好的。其实以前也有这么一个女孩子，是我前妻的好朋友，也常常安慰我。苏静说，她也喜欢你吧？赵林说，应该没有，认识太久了，就是可怜我吧。苏静说，不是昨晚突然遇见叶小姐的话，我永远不可能这么了解你。赵林不说话。苏静接着说，可能也就是喝醉酒了大家睡一下，各取所需，不用这么走心。赵林不知道怎么接。苏静又说，赵总不讨厌我吧？赵林说，不，不讨厌。只是没想到三十岁以后还能交到朋友。苏静点点头。赵林说，苏总应该结婚了吧？苏静说，结了。赵林问，有孩子吗？苏静说，有，三岁。赵林说，这样昨晚没有回去，有问题吗？苏静说，没事儿，他在美国，蹲移民监，已经两年了。赵林说，以后要出国吗？苏静说，还没想好。这个年纪，退休觉得还早，出去不知道能干吗。赵林不再说话。

下午在公司忙到晚上，毕可文又给赵林打了个电话，说，陈微微要移民了。赵林说，怎么全在移民啊？毕可文说，全家一起，要移民去英国了。毕可文说，你要不要见她？赵林说，不要了吧，不要再有什么联系比较好。毕可文电话里沉默了一会儿，说，那好，我告诉她。赵林问，昨晚是叶小枚告诉你我去了？毕可文说，是的，叶小枚现在是我两家店的店长，也帮我做经纪人。赵林说，你现在还需要经纪人？毕可文说，是啊，过去陈微微那个微博，还有我自己的微博，现在都在我手里，我手里有不少陈微微的旧照片，打算找人运营一下，接点广告。现在没有过去那么火了，但觉得还能骗到钱。赵林说，叶小枚居然答应来帮你？赵林说，她们网站现在不行了，人们都上手机APP了，她们网站转型不成功，很多人都在找出路，我这边效益还挺好，她就过来了。赵林说，那好，那你替我照顾好她。毕可文说，好。

过了一段时间，一直没有苏静的消息。于是借着一个项目验收的机会，赵林跟着吴明、王浚一起去YC公司。YC的办公室在静安区一个创意园区里。苏静和Hans没有料到赵林会来，吓了一跳。赵林看了一眼苏静，苏静脸红了一下，不看他。转过身招呼着前台给几位客户倒水。项目的事情谈完，苏静带着WH的三个客人参观办公室。走到苏静位置的时候，他看到了苏静和一个小朋友的合影。他顺手拿起来，说，这是你儿子？苏静说，是的。赵林放下相框说，真可爱。吴明和王浚跟着一顿夸，苏静看着赵林，不知道心里在想什么。

YC的人一定要留他们吃饭，最后赵林做主答应下来。约在富民路一个本帮菜馆，苏静、Hans、CC公司旧同事Lisa作陪，赵林、吴明、王浚坐在上首，苏静挨着赵林。酒过三巡，苏静端起杯子说，YC现在快一半的业务是WH给的，让我有喜有忧。喜的是，经济效益上涨，忧的是怕完不成任务，贵司怪罪下来，我们全凭傻做，也没有人帮我们说话。今天几位领导过来，是给我苏某人面子，我虽然是个女流之辈，但是说话算话，我一定不辜负各位的信任。王浚先表态，说YC负责前端，我们后端部门觉得很好，很顺畅，活儿干净，我们实现起来不吃力。吴明不说话，先起来回敬，一口气喝了三杯，说，互相帮助，互助共赢。其实你们是帮我大忙了。赵林敲敲桌子，最应该谢苏总的，确实就是我们吴总。但站在WH管理层的角度，我要谢谢吴总，为我们介绍了YC这样优秀的供应商，不但提升了我们设计水平，提升了提案通过率，前几天财务季度核算，说我们的成本还降低了。场面话说完，大家又是一通喝。最后各自散去不提。

自从知道叶小枚在大仓做了店长以后，赵林便不再过去了。他馋糟毛豆和盐烤银杏，就在公司附近换了一家日料店去吃，但总觉得实在差距太大，渐渐就放弃了这个爱好。苏静倒是常和他发一些生活或者工作片段的分享，类似“这个新技术不错，下次推广战役我们跟WH的同事分享一下”“上次坐你的车觉得挺安静的，我也想换车，你有什么推荐”或者“在路上遇到一个人很像你啊”，赵林过去很习惯和何妮妮这么隔三岔五聊聊，何妮妮去了日本信息回得慢了，现在这个位置慢慢被苏静代替掉了。不过，赵林想到何妮妮倒是又很久没有声音了。自从毕可文摄影展后知道她换了新工作，她的朋友圈、Facebook、Instagram全部停在刚入职新公司的一刻不再更新。他发信息过去，全无响应。开始没在意，又过了一天，不禁心中有些急躁。他没有存过何妮妮在日本的电话号码。又过了几天，他忍不住联系毕可文，想问问他是不是知道何妮妮的下落，没想到毕可文也没有了踪影。由于不想碰上叶小枚，他也没法去大仓现场找毕可文。他试着联系了几个何妮妮在国内的朋友，但没有人知道何妮妮怎么了。于是他给何妮妮发了信息，希望她看到了联系自己。

当月底，苏静电话过来，说垫付的费用支付了，然后之前的欠款都支付了。赵林电话里说，那苏总要请我吃饭了吧。苏静说，好啊。两人没有去大仓，苏静说她在减肥晚上只吃色拉，于是两人换了一家思南公馆的西餐馆。到了之后，赵林开了瓶白葡萄酒，苏静说，我今天不能喝，晚上要开车去婆婆家接儿子。赵林说，没关系，我自己喝一点。苏静穿着件暗红色的毛料衣服，静静地坐在赵林对面看他。赵林自顾自地喝着。苏静说，赵总不开心？赵林说，没有，就是想喝酒。苏静说，我上两次都喝醉了，觉得很不好意思。赵林说，是我为难苏总了。苏静说，不是，单独喝的那一次很开心，人多的那一次就是纯应酬了。赵林点点头。苏静说，有什么事可以跟我说说嘛。赵林说，有个在外国的朋友联系不上了，有点担心她。苏静说，什么朋友，在哪里？赵林说，记得那晚送我们回家的那个人吗？苏静说，喝太醉，没太记得，就记得人挺帅，穿得挺时髦。赵林说，他叫毕可文，是他前女友，也是我的好朋友。去日本了，刚又离婚，一个人待着，没消息了。苏静说，问问其他朋友呢？赵林说，他妈的毕可文也联系不上了。毕可文倒是经常失踪，他没事儿。苏静说，那你问问你前妻？赵林说，不想联系她。苏静说，那你就坐在这里喝酒？赵林笑笑。苏静说，电话给我我帮你问。赵林说，不行。苏静不再说话。刚过了九点的时候，赵林已经喝了两瓶白葡萄酒。苏静看他有点醉，说，你别喝了，我送你回去，然后我要去接孩子了。赵林坐在那里，柔顺地点点头。苏静说，你不要睡过去，给我指下你家的路。赵林点点头，但刚过了徐家汇，他的神志就开始不清楚，苏静只好问出他家地址，自己一路导航过去。赵林在副驾驶上打起了呼噜。

到了楼下，苏静停好车，赵林仍旧不醒，她只好晃他的肩膀，说，赵总，赵总，快醒醒，我可搬不动你。赵林醒过来，说，没事儿，我自己走。苏静搀着他，两人上楼进门儿，赵林一下子躺在地毯上，苏静看着心疼，把他扶起来靠着沙发，说，你没事吧，我真得走了。赵林看着她，拉住她的胳膊说，不要走。苏静臊得脸通红。赵林来抱她，她一把推开赵林说，赵总，你喝醉了。赵林再次扑过来，把苏静按在地上，试图去吻她，她再次挣扎，最后给了赵林一个耳光，喊道，赵总，你夜总会去多了吧？不要搞错女人的种类了。赵林愣在那里，不再动作。苏静忍不住抽泣起来。过了一会儿，她冷冷地问，你把我当成谁了？赵林说，你是苏静，苏总。苏静说，你这算什么意思？赵林说，我挺喜欢你的。苏静冷笑着说，赵总你真是张口就来啊。赵林叹气，不说话。两人安静了很长一段时间，苏静说，赵林，我不是什么假正经的人，我挺喜欢你的。今天发生这件事情，可能我之前也有误导你的地方，让你觉得我很随便。不过，我不想跟你只是这样，我觉得你也不需要一个这样的我，我希望你在清醒的时候认真想一想，如果你酒醒了，还是觉得自己喜欢我，再给我打电话。说完推门而去。赵林坐在地毯上，看到自己掉在一旁的手机亮了。

CHAPTER 18

最后的祝福

来消息的人是何妮妮，她说她刚看到赵林微信，所以马上回复给他。微信里，她说自己病倒了，先开始有点感冒，然后咳嗽，最后发展成肺炎。她说自己之前闹离婚，闹离家出走，过得太折腾，受了凉，现在觉得一下子撑不住，倒下了。还是同事出手援助，送进医院，然后昨天妈妈也从上海过来东京了。这段时间，她一直在医院养病，手机没有在身边，今天才拿到。赵林其时还沉浸在苏静离去之后的迷乱里，他强作冷静，回复说，妮妮，我知道了。很担心你，你好好保重吧，没事就好。闲了多在网上冒泡，免得我担心你。病好了跟我说一声。何妮妮回复了一个“么么哒”。赵林靠在地毯上，鼻子一酸。

苏静的事情，赵林第二天清醒过来之后很是后悔，他发了条公事公办的微信过去道歉，苏静没有理他。他觉得不好意思打电话，只好作罢。他本能地想在苏静身上寻求安慰，他也能感觉出苏静对他有好感，而且之前睡在一张床上这么暧昧的事情都发生过了。按照毕可文分享的经验，这么推倒一个姑娘应该是顺理成章的，他不太明白为什么苏静反应那么大。

进公司之后，赵林远远看见策略部的几个人在走廊边上兴奋地说着什么，看到赵林过来，其中一个叫James的迎上去说，赵总，那个陈微微的微博又复活了。赵林说，是吗？James拿着手机给他看，他看到陈微微的微博更新了一张图片，图片内容是她面带笑容站在沙漠的夕阳下，风格和以往的图片差不多。微博显示了发送地址，是在埃及。他问，那个男摄影师的微博更新了吗？另一个男生拿起手机递给他说，也更新了。然后他看到毕可文的账号更新了一个空镜，是相似的一片风景。他点了点头，不再说话。无论如何，他总算知道毕可文去哪里了。

这段时间的新闻热点是，毕可文陈微微的环球旅游再次启动了。“他们没有分手！”“我又相信爱情了！”网友们奔走相告，那张陈微微面带笑容站在沙漠夕阳下的照片再次占据了大约半周的网络头条。不过，所有跟踪了他们第一次网络爆红全过程的人都能够感觉到，这次的热度比起之前来差了很多。人们发现，最有看点的陈微微，微博更新频率不高，露脸也少了。粉丝们在下面求更新，陈微微却不像之前那样不予理睬，反而会回复。这次事件是一个新晋的旅游网站在推，推得也没有第一次好。WH的策略部在研究这一事件之后，再次作了内部分享："网红的生命力就在于维持曝光率，这口气千万不能断，断了就不一定接得起来。就好比很多韩国和台湾的明星，服完兵役回来，歌还是那些歌，人还是那些人，就不红了。接下来就要看这对史上最火白领情侣能不能拿出新干货了。"

只有赵林知道毕可文在搞什么。这些陈微微的照片全部是假的。陈微微是不可能再跟毕可文玩这场游戏的人。这次陈微微微博更新的照片，凡是露脸的，都是过去拍摄好但之前没有选上的，现在发出来，本身就是次一档的作品。毕可文为了圆这个谎，把之前去过的地方都又跑了一遍，确实是蛮下工夫的。而且毕可文胆子更大的是，在一些只有身体局部的照片里，悍然使用了叶小枚作为替身，这让赵林实在是哭笑不得。叶小枚身高163，陈微微有175，叶小枚比陈微微更白一些，但都是一样的瘦。叶小枚被毕可文安排跟陈微微染了一样的白发，剪了一个相似的发型。然后毕可文用他多年的拍摄经验和爆棚的修片能力愣是又生产出一批崭新的网红照出来。赵林猜测，估计他盘下大仓把钱都花得差不多了，才着急整这么一出。

赵林连着两年过年没有回陕西老家，且一直瞒着家里老人自己跟叶小枚离婚的事情。爹妈常常打电话来询问小枚的情况。他觉得要瞒不下去了。最后他安排飞机票，趁"十一"让二老飞来了上海。下了飞机，坐在车里。赵林他爹看着赵林的车说，新买的？赵林说，是的。赵林他妈说，小枚呢，怎么没有来接？赵林说，她出差了，你们先上车吧。赵林的父母都退休了，父亲是退休干部，母亲是退休教师。父亲目前退休返聘在一个企业里，不知道做些什么。母亲天天在活动中心打牌唱歌，目前生活的唯一愿望是抱孙子。尽管难以启齿，但是在从虹桥机场到松江家里的路上，赵林还是故作镇定地告诉父母自己离婚了。赵林他爹愣在当场。赵林他妈说，为什么啊？你们不是过得好好的吗？赵林说，性格不合，总吵架。赵林他妈问，是你欺负人家吧？你离掉了吗？还是还没离？赵林说，在北京就离掉了，本想过年回去告诉你们的，但这几年一直没能回去。赵林他妈震惊地说，那叶家同意了？赵林说，叶家妈妈我去谈过了。赵林妈妈说，你小子可以啊你。然后气得说不出话来。赵林不再说话，听着二老在车后座自行消化此事。赵林他爹好容易说了一句话，是我们对你疏于管教了，做出这种丢人现眼的事情。赵林不说话。赵林他妈说，我觉得小枚人真好，这么说，这两年我跟她打电话，她都在帮你骗我？赵林说，是的，这是我们协议过的。赵林他妈说，你这个王八蛋。赵林不说话。赵林他妈说，你还有什么事情瞒着我们的？赵林说，没有了。赵林他妈说，你赔了多少钱给人家？赵林说，这个不用你们管。赵林他妈冷冷地说，我们是管不着你了。

叶小枚是单亲，父亲早逝，家里只有一个妈妈，妈妈是老来得女，且不会说普通话。赵林父母和这个亲家一直没有什么交流。两位老人聊了一阵，要求去叶家看叶家妈妈，说要上门道歉。赵林吼道，你们疯了吗？赵林父母愣在后座不再说话。赵林过了一会儿说，该还的情我会还的，不用你们管了。

赵林请了两天假，在家里陪远道而来的父母，然后慢慢地把和叶小枚的事情和两位老人交代了一遍，只是瞒着父母自己脑膜瘤的事情。两位老人虽然觉得不理解，也觉得儿子浑蛋，但确实已经做不了儿子的主了。况且，他们这次前来，除了看儿子，还带着一个更大的请求。

熬到第三天的时候，赵林他爹一早自行出去散步，他妈把儿子拉到椅子边上，说了几件惊人的事情。赵林的父亲退休之后，被他妈发现在外面养了一个年轻女人，这女人还生了一个男孩。这男孩目前已经上初二了，是中学里的小混混头目。赵林他妈伤心难过过，但最终竟自我说服，不但接受了这个孩子，还让他跟着姓了赵，算是赵林又多了一个弟弟。赵林听完目瞪口呆。赵林他妈仍旧在喋喋不休着，我一直怕你像你爹一样胡来，他外面养女人，我查出来过蛛丝马迹，但是我忍了，现在世道坏了，你爹仕途又顺畅，他们的一圈同学，当了领导的，全这副样子，只要他不跟我离婚，我也就算了，毕竟他对我还不错。可他也是到了中年以后才这么弄，你呢？你才三十出头，就要换老婆？我觉得你们真是太让我伤心了。可那个赵松松，我让他姓赵，他过去姓杨，那个野女人姓杨，我让他姓赵是觉得他毕竟是你爹的儿子，我才让他进门的，并且我怕他被带坏了，他现在已经是被带坏了……

赵林说，你不要说了，我不想听。赵林他妈说，你看你犯这么大错误，搁过去，你爹肯定要揍你，可现在呢，他随便说你几句，自己也灰溜溜的。因为他觉得自己没资格说你了。你不要嫌烦，该你烦的还在后面。你爹返聘去的那个企业不行了现在，你知不知道？赵林说，不行就不行了，回家休息就可以了，他六十多的退休人员，还折腾这些干吗？他还想当马云啊，拯救世界经济啊？赵林他妈说，他们那个老板，虎子，人很实在，每年过年就把一年的工资先支给他，让他上班，过去帮忙，今年下来，他身体不好，说自己要犯心脏病，我担心他要不行了。赵林说，身体是大事啊，他去医院看了没有？不行我们在上海检查一下？赵林他妈说，去西安的医院看了，说了没事儿，就是他压力太大。赵林气笑了，他工作了一辈子还不够啊？老了继续为资本家服务咯？还真这么上心。赵林他妈看看儿子，说，重点不是这个。重点是，去年起，他们企业搞小额贷款，我们俩把家里的钱全部都存进去了，现在他们企业资金链出问题，然后银行不批贷款，虎子跑得找不到人，企业眼看就不行了。赵林一听到小额贷款这四个字儿马上天旋地转，想骂人又在嘴边停住，看看变得有点可怜巴巴的母亲说，你们总共存进去多少？赵林他妈看看儿子说，40万，一辈子全部的积蓄了。赵林说，钱追得回来吗？赵林他妈又看看儿子说，还在想办法，但目前看唯一的办法就是这个企业不要倒闭，然后慢慢兑付。赵林说，那个什么虎子，那个老板，人跑去哪里了？赵林他妈说，你爹说他去省里跑贷款去了，但电话经常关机。咱们自己的钱都还是小事，问题是，全县很多人都在这个企业里存钱了，那些人，不认识那个老板的，都认识你爹，说起来全是冲你爹去的。赵林说，小额贷款不受法律保护，这怎么也怪不到他一个离休返聘人员头上。赵林他妈说，话是这么说，可这全是亲戚朋友啊。现在老板不上班，你爸自己在那里上班，他上一天班，就代表这个企业还在运转，人家储户才有信心。赵林再也忍不住，拍案而起道，你们脑子被枪打了吗？他必须马上从这个企业辞职。这里面的钱，和他有半分钱关系吗？他赚到口袋里了吗？为什么要去背这个压力。赵林他妈说，你不要激动，我也是这么想的，我和你爸商量了一下，那些关系远的，咱是管不着了，但这里面有十几个人，真是你爸自己去拉来的亲戚朋友，人家的钱到期了，咱们得还出来。赵林问，这笔钱有多少？赵林他妈说，有180多万。赵林说，那个企业把钱都花哪儿去了，有没有办法兑付出来？赵林他妈说，不知道，你爹也不知道钱花去哪里了，他每天就是去帮人家看看办公室，理顺一下政府关系，一个月2000多块工资，都半年没发了。赵林说，一会儿他回来，让他先辞职，这钱我也想想办法。

老头回来的时候已经是中午了。赵林坐在沙发上看电视，他爹讪讪地在桌子边上坐下，不看儿子。赵林叹了口气，把电视关了说，我都知道了。他爹说，我自己能搞定，不麻烦你。赵林说，还逞强呢？大城市这种非法集资倒掉多少了？你救得回来？他爹说，来上海之前，老板给我来电话了，说省里贷款有希望了。赵林说，多久能贷款下来？他爹说，下个月。赵林说，不可能。现在外面银行全在收紧贷款，这个势头至少半年，他是忽悠的。他爹说，也是，他就是一个月一个月拖。赵林说，你们企业有固定资产吗？他爹说，有一点，我帮着核算过，也就几千万的车辆和设备，不过土地稍微值点钱。赵林点点头说，现在你还有希望，你要听我的，我帮你，你要不听，咱们今天就谈到这里。他爹点点头。赵林看着他头发白掉了不少，心里一阵酸，但脸上也不表露出来，仍旧硬气地说，你回去辞职，就说病休，身体不行了。然后，贷款里你自己亲自拉来的人，和我妈一起，你们一家家去跟人家谈，就说全力配合追讨。人家有急用的钱的，到支付时间的，你回去盘盘清楚告诉我，我帮你先还。他爹点点头，说，你有钱？赵林说，不行我把这个房子卖了。他爹说，你北京的房子呢？赵林说，给小枚了，然后她应该卖掉了。他爹不吭声。赵林说，那个弟弟，我要是回去，不要让我看到。赵林他妈正在厨房躲着，听到这一句，适时冲了出来说，吃饭了吃饭了。

爹妈走后，赵林意识到自己陷入了真正的危机。他现在拿不出太多钱了，他只有把松江的这个小房子挂在网上卖，但这会儿郊区的房子不好卖，挂了一个礼拜，还没有人上门看房。他索性把钥匙给了中介，自己在市区租了房子住。赵林爹妈回陕西后来电话，到下个月得先还80万给几个亲属。公司老板出了20万，剩下60万，得赵林想办法。赵林想了又想，直接给毕可文打了电话。毕可文顺着埃及已经到了南非。其间他刚在网上直播了东非的野生动物大迁徙。毕可文问赵林什么事儿，赵林说借钱。毕可文说，不急的话，刚好我明天回国了。赵林说，好。

毕可文到了上海后，把赵林约在了大仓后面的办公室。谭老板时代赵林从来没有进来过这块地方，他打量着这个不大的空间，看着巨大的办公台背后那个戴棒球帽的毕可文，扑哧一声笑了出来。

毕可文摸摸头说，老赵，你借钱干吗？不像你的风格啊。赵林说，家里的事情，我在卖房子了，一时没卖掉，需要钱周转，我估计最多两个月就能还给你。毕可文说，这么严重，能说什么事儿吗？赵林说，不能。毕可文说，借多少？赵林说，最好能借100万给我。毕可文说，好。赵林说，这么干脆？毕可文说，我们这圈人里，目前除了我，没有谁能一下子拿出来100万现金的。赵林说，我知道，想想也只有你。毕可文说，这点钱不急着还，既然是家里的事情，你好好处理。赵林说，我运作好了肯定还你。毕可文说，知道你的，你就没开过口，我不担心。赵林说，不要告诉叶小枚。毕可文说，为什么你一定要瞒着她？赵林说，怕她担心。她现在怎么样，开心不开心？毕可文说，挺开心，除了有点抵触假扮成陈微微。但现在需要钱的地方多，她也妥协了。赵林说，你们当心点，不要玩脱了。毕可文说，我们现在是专业团队，没事儿的，陈微微那边我也签了保密协议的。赵林说，那就好。陈微微，在英国怎么样？毕可文说，没有多问了，应该开始新生活了。何妮妮你有联系吗？赵林说，她离婚了。前段时间还生病了。毕可文说，好想去日本看看她。赵林说，你约约看呢？毕可文摇摇头说，她后来不大理我了，肯定不会答应的。赵林说，你整天网上发假照片，这一趟拍的有真照片吗？毕可文说，有，而且我在南非还认识了一个黑人妹妹。赵林一阵气苦，你还不消停啊？毕可文说，黑人妹妹挺好的，明年还约好了，她来上海我招待她。啊，对了，你和那个胸很大的熟女发展得怎么样？赵林看着毕可文认识的黑人姑娘的照片，边看边说，估计没戏了。毕可文说，是吗，怎么搞的？我觉得她挺喜欢你的。赵林说，你怎么知道？毕可文说，我那晚送你们回去的，我看到她喝醉以后看你的那个眼神了。我觉得她很适合你。赵林说，又瞎说，她哪里适合我？毕可文说，她看着就是贤妻良母啊。宽大的胸怀，淡定的气质，肯定能包容你的忧郁。赵林笑骂，你他妈的，又扯淡……毕可文说，你别不信，我说点正经的，我觉得她看着还是有点灵魂感的，不是个一般的生意人。你睡了人家了吗？赵林说，没有，那晚没睡，后来想睡不给睡了。毕可文说，我觉得她想和你走心。赵林说，我已经没有心走了。毕可文说，别这么说，老赵，你还年轻，还有机会，加油。说着过来吻了一下赵林的额头。赵林石化在那里，说，贾老师，不要把我当姑娘泡。毕可文说，姑娘？你太看不起自己了，我们的关系要比那个宝贵得多。这是祝福之吻，带着我的这个吻，你一定顺利拿下大胸妹。

从大仓出来，上海灯火通明地亮着，赵林开着车，缓缓在路边溜着。过了好一会儿，仿佛下了很大决心，他打开车载电话，选中苏静的号码拨了过去，响了好久之后，苏静接起来说，喂。赵林听着她的声音，喘了口气说，是我。苏静说，有什么事吗？赵林把车靠边停下来说，可不可以跟我在一起？

Chapter 19

夏日黄昏徐徐降临

苏静在电话里沉默了一会儿，赵林把车发动起来，接着朝前开。苏静说，你没有喝酒吧？赵林说，没有，在开车。苏静说，你知道对我说这个意味着什么吗？赵林说，对你有好感，愿意和你交流，想进一步发展试试。苏静顿了一下说，我这边比较麻烦。赵林说，我明白。苏静说，你是不是没有道德观念啊？赵林说，话也不是这么说……苏静说，你真的是挺奇葩的。赵林说，我也没有办法。苏静在电话里扑哧一声笑了出来。赵林说，能见面吗？苏静说，现在？赵林说，对。苏静说，现在不行。赵林说，是不敢吧？苏静说，就是不敢。明天早上我去你们公司吧。赵林说，好。

苏静来的时候，吴明正好在赵林办公室对账。吴明说，哎呀，是苏老板啊，找我们赵总？苏静说，是啊，赵总召见。赵林朝苏静点点头。吴明说，那我先出去了。苏静坐在赵林对面看着他。赵林说，聊公事还是聊私事？苏静说，问你啊，是你约我的。赵林说，我就是想见见你。苏静说，那你见到了。赵林说，是的。苏静说，那我走了。说完站起来。赵林说，再坐会儿。苏静站着说，我还忙着哪。赵林说，你坐。苏静又坐下来。赵林说，在东京那个朋友联系上了。苏静说，所以呢？赵林说，正式当面为那天晚上的举动道歉。苏静说，然后呢？赵林说，然后郑重希望你考虑我昨晚的提议。苏静说，我有老公和孩子的。赵林说，你们感情好吗？苏静说，你这什么道德观念啊？我跟老公感情好或坏跟你有什么关系？赵林说，分居两年了。苏静不说话。赵林说，办公桌上没有老公照片的。苏静不说话。赵林说，结婚戒指也不戴的。苏静抬头看看他。赵林得意地说，我跟你手下的小朋友打听了，说你跟你老公是要离婚了。苏静说，谁啊，谁告诉你的，我去开了他。赵林说，这不能说，再说，客户高层问的，他又不能得罪我。苏静说，肯定是CC过来那几个人里的……是不是Lisa，她最八卦！赵林说，你不要猜了，我不会说的。你不要绕开话题。苏静不说话，脸上表情看着在生气。赵林说，多点真诚，少点套路。

苏静扑哧一声笑出来。苏静说，我会认真考虑的，但在我离婚之前，我们肯定不能在一起。赵林说，为什么？苏静说，我堂堂正正的一个人，不能被你这种人带歪。赵林笑道，我什么人？苏静说，道貌岸然，衣冠禽兽，三观不正，引诱良家妇女……赵林哂道，你真这么看我？苏静说，你道德污点太大，我得治病救人。赵林说，你果然是我的药。苏静说，你在办公室说这么肉麻的话，你合适吗？

WH全是你这种高管吗？赵林从办公室装饰书架上拿下一本《圣经》，笑着说，耶稣啊，只有你的水，才能解我的渴（《约翰福音》，4：14）。苏静说，你这个流氓，好好一句话，你说出来怎么就这么不对。赵林说，你什么时候婚能离掉？苏静说，离婚只是第一步。赵林说，还要怎样？苏静说，还有，要么我离开YC，要么你离开WH。赵林点点头说，这个嫌要避的。苏静说，YC是我和Hans两个人的股份，退股没有那么简单的。要么就是以后WH的生意我们不做了，但Hans肯定不答应的。WH这么大的集团，我们好不容易打开一个缺口。赵林说，那我走，我毕竟就是打工。苏静说，你这么高的位子，突然换工作，也不好换的。赵林说，我留意着呗。苏静说，这都是麻烦，所以我们还是不要在一起比较轻松。赵林黯然下来。苏静说，那我先出去了，外面还有些业务的事情，要跟你们创意部沟通。赵林点点头。

赵林处理了一会儿工作，待他出去的时候，苏静已经走了。他在办公室巡视了一圈，看到陈微微过去的位置上终于有了个新同事。他有点怅惘，打算转身回办公室。

时间应该是上午十一点整，地点是在WH办公室的主办公区。WH公司BD团队的总负责人，赵林，“砰”的一声倒在了办公室的地板上。脸朝下，声音很大。离他最近的是“午夜阳光指南针”团队的同事，他们最先冲了过去。然后是创意部的吴明，他在公司和赵林最熟。120是人事叫的。最后陪着送去医院的，是吴明和张梦露。

当时赵林的晕厥只持续了不到二十秒钟。他被一个男同事翻过来，很快就醒了，但由于脸朝下，他摔到了下巴，因此满脸是血，看起来很吓人。张梦露大声喊他，他醒过来，躺在地上，不知道发生了什么，他说，我怎么了？吴明说，赵总，你刚晕倒了。你先不要动，救护车马上就来。赵林点点头。人事总监边上问，要通知家属吗？赵林跟吴明说，你跟人事讲，没事，千万不要通知家人。吴明起身去跟人事沟通。

送去的是华山医院。CT、脑电图、抽血和运动能力检查做完之后已经是下午，赵林基本已经清醒过来。医生过来说，什么都查不出来，一切正常，初步怀疑是癫痫。赵林自己知道自己是怎么回事，只是不想说。他的肿瘤位置比较深，CT是看不细的，要做MRI，但MRI要预约，得下个礼拜才能做。医生问他之前有没有过类似情况，他说没有。于是医生建议他休息，先开了三天病假，让他出院回去了。他摔坏的下巴，吴明让人事回去，自己带他去外科包扎。包扎完了，赵林自己打车回去，让吴明先回公司。吴明建议他一定要做MRI，他点点头。

他回到家靠在沙发上，开了电视机，也睡不着，昏昏沉沉地躺着。他心里想着要么第二天接着去上班。到晚上，苏静打了个电话过来，他一接，苏静说，开门。他开门，苏静拎着一个大保温杯，一个塑料袋。他说，你知道了？苏静一边把饭盒从塑料袋里往外掏，一边说，还是你们办公室的人告诉我们小朋友，小朋友跟我说，我才知道的。这保温杯里是鸡汤，饭盒里是我刚做的饭菜。赵林说，不是要跟我划清界限吗？现在这孤男寡女的，多不好？苏静说，你再这么嘴贱我走了。赵林不吭声。苏静说，快吃吧。赵林坐下来默默吃着。只有三个菜，一荤两素，很清淡，但厨艺、刀工都不错，赵林想着自己自从见陈微微父母那次以后，再没吃过这种家常菜，不禁喉头有些哽咽。他抬头看坐在对面的苏静。苏静正在抹眼泪。赵林说，我没事儿的，你不要哭，我又没有死，检查结果也出了，就是癫痫失神。我记得很小的时候也有一次，这可能就是最近累了，复发了一下。苏静说，对不起。赵林说，别逗我难过啊，什么事儿都得开开心心才能有好结果。苏静点点头。

赵林接着吃。苏静说，我老公早答应离婚了，他移民监蹲完，明年春天回来跟我办离婚手续。赵林点点头说，我等着。苏静说，只有这样我才接得住你。赵林说，你说什么？苏静说，只有这样我才接得住你。赵林说，什么意思？苏静说，你这个年纪的男人，没有几个女人接得住的。尤其是你这样的。赵林说，我怎么了？苏静说，我找你那个开日料店的朋友打听你了，你的事情我都知道了。赵林说，我靠，你问他，他能说出些什么啊，那我形象不是全毁了，他都说了我什么事儿啊？苏静说，你调查我，我不能调查你吗？其实也没啥，就是你之前和叶小姐的离婚，以及后面跟那个叫陈微微的网红女孩子的事儿。赵林语气冷漠起来，说，那你怎么想呢？苏静说，你不要炸毛。赵林说，我心理不健全，现在生理可能也有毛病，你也老大不小了，不要在我这里浪费时间了。苏静说，这就是你的态度？赵林说，不然怎样，你还想评价我一番吗？苏静气得脸通红。赵林也不说话。

过了一会儿，苏静说，你怎么这么会气人？赵林不说话。苏静说，毕可文跟我讲，你是个略微有一点女性崇拜的人。我总结了一下我们的相处，发现你真的很会款待女生。我们做生意，和甲方打交道，很多不跟我啰唆的，强势到直接叫我滚的也有。你不是，你虽然觉得我烦，但还是很礼貌地不断跟我周旋。赵林脸色缓和了一点说，我确实比较喜欢女性这个性别，觉得女性比我们男人要完善。苏静说，毕可文讲话虽然常常不正经，但还是很有智慧的。他说他其实不看重和女性的关系，他比较在意你这个兄弟，但你呢，恰恰相反，在爱情里喜欢把对方放在一个很高的位置上去崇拜。你对叶小枚是这样，对陈微微也是这样。我觉得，你在那天喝醉了之后拉住我说“不要走”的时候，对我也是这样。你眼里都是我们的优点。叶小枚在认识你的时候还不成熟，她没有办法处理好你这种崇拜，她在这种崇拜中迷失了。你容易对人特别好，特别宠溺，但不代表你心里对她没有要求。她失去了自我之后，你也跟着失去了方向。所以，她没有接住你。陈微微也不是一个合适的对象。或者说，人一生中遇到对的人的机会不是特别多。陈微微如果是像叶小枚那样和你一起成长起来的，那可能她还会接受你，给你机会让你走进她的内心。但塑造你的人不是她，她根本跟你不在一个世界里，她不理解你，也不想理解你。你在她面前表现出对她的崇拜，把自己置于一个很卑微的境地，她只会不由自主地欺负你。她一定是在一个要求很严格的氛围下成长起来的，她性格中有强烈的对抗性和开拓性。

这样的人，不论性别，可能目标是改变世界或者推动人类进步的，她们是不想接住你。

赵林说，你分析完了？你呢？那你怎么想呢？苏静看着他慢慢地说，我想接住你，我也能接住你。赵林说，我这么重。苏静说，我胸大。赵林说，我没有道德观念。苏静说，我有，你听我的就好了。赵林说，我还是会做错事的。苏静说，你以后知道错就好。赵林说，我外面欠钱了，可能要卖房子。苏静说，不要卖，我帮你还。赵林说，我失业了要。苏静说，你给我找工作去。赵林说，我以为你会说你养我呢。苏静说，不要脸，发完嗲了没有？赵林说，你要是有求必应就好了。苏静说，我又不是观世音，我也是普通人。赵林说，你不是普通人。苏静说，就是普通人。赵林说，你是怎么变成今天这样的？苏静说，长成的啊。赵林说，你把我查了个底儿掉，你的事儿我就不知道了。苏静说，你真想知道？赵林说，算了，不想知道了。苏静说，想问什么快问，过期不候。赵林说，不问了。苏静说，不怕我骗你吗？其实我水很深。赵林说，我有什么好骗的？这具肉身，你想要什么，拿去便是。苏静说，不要脸，一天到晚就在琢磨肉身。赵林笑。苏静说，说好了，今天不问，以后就永远不要问。赵林说，好。苏静沉默。赵林说，你今天不要走。苏静说，留下陪你可以，不跟你搞，就这么愉快地决定了。

苏静经常到赵林租的房子里陪他，两人相处得挺开心。在这期间，赵林背着她悄悄去了一次肿瘤医院，做MRI。老医生看了肿瘤的情况，说，小伙子，我记得你，你终于肯来了？赵林笑，他看到老医生后面坐着他的徒弟，一个年轻医生，专心做着自己的功课，仿佛听不到他们的交谈。老医生说，你这个瘤是良性的。这挺好，可它现在又有一点扩大了，你晕厥就是它的关系。以后你尽量避免独来独往，尤其是上下班途中，还有严禁驾驶。赵林点点头。老医生说，小伙子，你结婚了吗？赵林摇摇头。老医生说，有女朋友吗？赵林说，有。老医生说，快结婚，生个孩子吧。然后两年之内，来找我，把它切掉。再长大一些，就不能完全切除了。赵林说，好的。老医生接着说，开颅手术，有风险的，需要家属签名。到时想让父母签，还是想让老婆签。赵林说，父母年纪大了，不想告诉他们。老医生说，那就早点结婚，跟女朋友说，这个病治得好的，包在我身上了。哎，这么棒的小伙子，没问题的！说着，医生拍拍赵林的肩膀。赵林差点哭出来。

知道这个病以来，赵林一直在等待着那一刻。他觉得自己已经不再恐惧了。他希望自己有一颗强大的心。真正的强大是什么？就是免于恐惧。不能病没有把你击垮，你自己把自己吓死了。人的这团血肉，它应该是大于念头的，人不能被自己的念头打倒。但他也知道，自己不恐惧，不代表身边的人不恐惧。如果他告诉苏静，苏静会是什么反应？苏静能不能承受这一切？她会不会离开？他还没有想清楚，他觉得应该会有一个好的时机，让他能够自然地把一切和盘托出。

脑膜瘤的病程是缓慢的。他想起博尔赫斯，那个有家族性失明的诗人，他曾经这样形容失明："它像夏日的黄昏徐徐降临。"他钦佩阿根廷人的气度，面对悲剧，可以有这样的从容、豁达、淡定，是他理想中的状态。他也在等着那个东西徐徐降临。他准备好了。

又一年春节刚过完的时候，毕可文的事情在网上爆出来了。

那时赵林和苏静刚从泰国度假回来。一是拍摄婚纱照，二是庆祝苏静顺利离婚。春节的时候，他带着苏静回了陕西老家，苏静稳稳当当地获得了赵家父母的认可。然后他们去了一趟泉州，看苏静的父母。春节后，他们在泰国玩到正月过完才回上海。赵林年前已经从WH辞职，暂时在YC公司帮苏静的忙。

应该是二月二龙抬头刚过。北京那群神奇的朝阳群众再次举报明星吸毒，涉案的明星在吸毒现场被北京公安抓获并拘留。同时被查处的人有四个，其中咖最小的，就是作为网红的毕可文。天知道毕可文怎么跟这么一帮名人认识的，还能一起嗑药。赵林给毕可文叶小枚都打了电话，两个人都关机。他赶去大仓，发现大仓居然已经关门了，他问旁边水果店，他们说年后就没开过。赵林给毕可文、叶小枚留言，让他们收到消息联系他。等了一个星期，还是没有消息。最后赵林只好只身赶到北京，试图通过媒体打听毕可文被关在哪个拘留所。

这时，网上已经炸开了锅，网友们开始挖毕可文的料。毕可文陈微微在网上用的是代号，公安公布的抓捕画面里他也没有露脸。所以人们仍旧不知道他现实生活中的真实身份。但陈微微由于出国了，网友们虽然查出了她是谁，却得不到她的信息。就在人们以为风头要过去的时候，一个微信公号做了番文章，他们通过图片对比，识破了毕可文的把戏，他们分析出毕可文跟陈微微的第二次复合根本就是一场炒作，共同出游非洲的事情也完全是假的。那篇文章转发过了10万。赵林也看了，发现那个人推理的确实八九不离十。随后，事情越闹越大，厂商、旅游网站，全部出来跟毕可文划清界限。那段时间，几乎一个月一个明星被查出来吸毒，只有毕可文的事儿始终维持着热度。赵林没有放过网上任意一条毕可文的信息，他了解到，第二次炒作的时候，毕可文自己没有接过代言，而是借着网红摄影师身份，为这些品牌拍摄广告平面，现在这些平面全部被撤了，他要赔钱，但所幸那个数字应该不会有代言违约那么大。

赵林在北京前后活动了两个礼拜，他花了几万块找关系，每次冲到派出所，进去都说人已经转走了，他始终没有找到毕可文的下落，只好黯然回到上海。又过了一个月，他终于在新闻里看到叶小枚作为经纪人，出来开新闻发布会。新闻发布会开得很低调，应该是个例行程序，没有太多网站把这个当大事情报道。叶小枚作为代表，发布了一份声明，主要是宣布陈微微毕可文相关的全部社交账号都将注销，然后退出所有商业领域的合作，并按照合约条件统一清算赔偿。但声明里仍旧没有毕可文的消息，新闻发布会现场发生了什么，也没有媒体报道。赵林反复地给叶小枚电话和消息，最后叶小枚终于回复说，不好意思，我昨晚才回上海，明天我们见一面吧？消息过来的时候，苏静正在边上，赵林把消息给她看，苏静说，你去吧。问问状况，表达一下关爱。

两人约在一个老式咖啡厅的包厢里。叶小枚面色黄黄的，憔悴了不少，人也失魂落魄的。赵林说，贾老师呢？叶小枚说，拘留加强制戒毒，得关很久。赵林说，损失大吗？叶小枚说，挺大的。现在核算下来，把大仓卖掉，淘宝店卖掉，他的积蓄算上，能打平。就是他彻底什么也没有了。赵林黯然。叶小枚说，那个导演，想找毕可文一起拍电影呢，说要把他和陈微微旅游的事儿拍成电影，他挺开心的，这么有名一导演，我们都在做着梦呢，结果从天上掉下来了。赵林说，这些人现在国家都盯着的，毕可文沾这东西这么久，还是戒不掉。叶小枚说，他可能就是没想着戒，他后来也不差钱，所以根本就敞着玩儿的。不过这下他吃大亏了，被抓了以后我就在看守所见了他一面，整个人都瘦得不行，话也没说几句。赵林说，你呢，你以后怎么办？你还有钱吗？叶小枚说，钱我还有。主要我有一大堆眼下的麻烦要处理，要到处跟人赔礼道歉。很多品牌要让我们赔偿损失。我跟律师天天在打仗，让我先过了这一关再说吧。赵林说，你不要太难过，我这里之前问他借了100万救急。那时他很有钱，现在这钱，我随时可以还给他。应该也清算不到，你尽力处理麻烦，需要帮忙了，随时和我说，我现在也不忙的。叶小枚点点头，感激地看着他说，谢谢你。赵林说，你这么忙的话，那你赶快走吧，我们不多说了，他出来了你联系我。叶小枚突然说，老赵，以前我恨过你，觉得你把我毁了。后来我想通了，事情走到那一步，一定是我也有问题。我们都是失败者，没有人赢。那个苏静说你好像很内疚，她告诉毕可文，毕可文跟我说了，我想说，你不要内疚了，我也有对不起你的地方。你好好往前走啊。你的病也要积极面对，不要有逃避的想法。赵林呆坐着，叶小枚说完之后，飞快地起身走了出去。她以手掩面，应该是在哭。她抽动的肩膀久久地萦绕在赵林眼前。

赵林想起来在北京的时候，他第一次和叶小枚摊牌离婚，叶小枚背对着他，哭成一团，她的肩膀也是这么抽动的。最后叶小枚冲进卧室不出来，赵林收拾东西，外出去宾馆住了半个月。他回来的时候，叶小枚已经搬走了。不过，她在他的电脑里下了一部日剧，叫《最完美的离婚》，又下了一首歌，蔡健雅唱的，叫《空白格》。日剧他看完了，那首歌他开车的时候听了一次，难过得差点出车祸。他又在咖啡店坐了一会儿，给叶小枚发了条信息："小枚，你那时下的那部日剧，我看完了。谢谢你。"叶小枚没有回。

CHAPTER 20

生命只是个诺言

赵林容易疲劳的情况越来越严重了。星期天和苏静在沙发上看电视，没一会儿工夫他就睡着了；两人去逛港汇，吵闹的人山人海的地方，他也能在过道边的长椅上睡着；还有一次，他一个人在麦当劳排队，埋好单等餐的时候，他又靠着柜台开始打盹，所幸是没有晕倒。他发现自己正常的睡眠时间也在变多。过去，他每天只需要睡七八个小时，现在每天要睡十一二个小时。苏静没有太觉得不对，她自己睡眠不好，所以一直感叹，好羡慕你，能睡那么久。赵林只是笑，不说话。

他记忆力也是同步开始下降的。他开始频繁地出门忘带钥匙、忘带手机，他怎么也想不起来指甲钳、榔头、螺丝刀放在哪里，他会把锅放在炉子上烧干，也干过手里拿着遥控器，再满屋子找遥控器的蠢事儿……苏静问他，他只是说，之前多年工作，没有休息过，现在节奏放慢下来，他不是很适应。苏静仍没有怀疑。他并不常去YC公司上班，只是在有重点项目的时候出来支持一把。平日里他在家待着，苏静对他没什么要求。

但一种强烈的危机感抓住了他，他闲下来的时候也会回想过去的生活，这让他开始动念去写作。他上午写，下午读书，写得很慢，很艰难，有时每天只能写几百个字，很多事还需要翻过去的短信、邮件、日历才能想起来。苏静开始不知道他在干吗，看他案上堆着一堆书，笑着问，你这是要考北大吗？他也笑，对苏静说，我想写点东西给毕可文，等他放出来了给他看。苏静摸摸他的头，然后自己忙去了。他继续对着电脑死磕，他知道自己必须坚持不懈地写下去。北大永远在那里，可他的黄昏将至，时间不多。

但他知道苏静其实对他是有要求的。尤其是苏静离婚了以后，孩子判给父亲，去了美国，苏静不是很习惯，整个人常常会低落下去，早上醒来会说“我又梦见点点了”，赵林只能安慰她，说孩子在美国肯定能得到更好的教育。她想跟赵林结婚，但又不想给赵林压力，心里千回百转，嘴上说出来的却是，我不要那么快就嫁给你，我要享受一下恋爱的时光。是的，也没错，他们应该多谈谈恋爱。可赵林怎么也轻松不起来。苏静憧憬未来生活的时候，他也不太搭得上话。

他没有告诉苏静的是，他继续偷偷把松江的房子挂在中介卖。

最终，六月份的时候，中介打来电话，说有个客户确定愿意购入。那会儿苏静正忙着，赵林瞒着她把房子过户好。收到卖房钱那天，他打了100万给叶小枚，让她转交毕可文。赵林并没有想一直瞒着苏静，只是一直没想好怎么说，但不等他想好，叶小枚在他吃晚饭的时候给他发了条感谢消息，手机丢在桌上，被苏静看见。她问赵林，你哪儿来的钱还给毕可文？不是说我帮你还吗？赵林看瞒不下去，只好说，我把松江的房子卖了。苏静说，为什么不跟我说一声？赵林嘟囔着，那是我自己的房子。苏静冷笑，现在来跟我分你我咯？赵林晓得自己说错了话，一言不发。苏静说，你反悔了？反悔了马上搬出去啊，继续过你之前那种日子去，没人管你。赵林说，我把剩下的钱给你。苏静气笑了，说，你以为我稀罕你那点钱吗？赵林说，那你想怎样？苏静说，我是气你把我当外人。赵林不说话。苏静说，之前上赶着催我离婚，现在我离了，你呢？怎么一声不吭了呢？赵林说，你不是说想享受恋爱时光吗？苏静说，我们现在这样像恋爱吗？你整天魂不守舍的，你以为我看不出来啊？你北大考上了吗？还是在考研补习班认识什么姑娘了？赵林先是笑，笑倒在沙发上，可他看着苏静一直表情严肃，又正坐回来，低着头。

他憋了半天，说，我有个事儿一直没告诉你。苏静愣住了，我操，你这个可怕的家伙，你还有什么没有告诉我？赵林说，我说了你不能生气。苏静说，你先说。赵林看着她说，我也没想一直瞒你，我也是在找一个时机。苏静敲敲桌子，冷笑，现在你找到了？赵林不说话。苏静说，你这叫不说不行了，我今天不逼你，你还是不说。赵林说，我有个遗传的毛病，得动手术，这个婚前要坦白，不然不能跟你结婚，那是害你。苏静说，我以为什么事儿呢，什么病啊？严重吗？不对，我验过货啊，你还能用啊。赵林听了却笑不出来，起身进屋拿出锁在抽屉里的病历本儿，递给苏静。苏静翻着翻着，脸色变了，她看着赵林，一下子哭出来，说，姓赵的，我操你妈。然后进里屋把门锁上了。赵林在门外敲门，静静，你出来，我这病医生说了，能治好，包在他身上，叫你不要嫌弃我。苏静不说话。赵林又敲了半天，苏静没有反应。赵林只好一个人待在客厅。他又想起跟叶小枚谈离婚那天，后来叶小枚也这么锁着门在卧室哭。可他现在已经没法像那时那么难受了，他一难受，就觉得困。

半夜，赵林是在沙发上被苏静推醒的，苏静哭得两个眼睛都肿着，抱着他说，我不会嫌弃你的。赵林正在做美梦，他梦见自己在天上飞呢，被苏静拖回了地面，他看看苏静，居然笑着说，你不要怕，我早就不怕了。苏静说，只要你不是不要我了，别的我都不怕。

苏静大学毕业的时候落户在黄浦区，他们在黄浦区民政局领的证。领证那天，中华路附近人很少，两个人领完出来顺路一直走到人民广场。赵林不知道说什么好，只是握着苏静的手。苏静说，我算是掉在你这个坑里了。赵林说，对不起。苏静说，不许说这个。赵林说，好吧。苏静说，我也休息一段时间吧，我们出去玩。赵林说，好，不过我要把电脑带着，给毕可文的故事还没写完。苏静说，好。苏静说，我们去买东西吧。赵林说，好。两个人坐了一站地铁到静安寺，苏静说，梅陇镇、中信、恒隆，你看上什么，我们买什么。赵林说，好。苏静说，我们去伦敦，我给你订套西装。赵林说，好。苏静说，你还想要什么？赵林说，再去董家渡给我做条裤子吧。苏静笑着说，你没出息。赵林说，我认识一个裁缝，裤子做得好。苏静说，那以后每年来给你做一条。赵林说，好。苏静说，不好，我是女土豪，我不要你穿董家渡的裤子，我要带你去买大牌。赵林说，我是个县城屌丝，穿大牌看起来也像董家渡买的。苏静低着头走在前面，仿佛笑得浑身都在抖；赵林跟在后面，看不见她的脸。

赵林的脑膜瘤位置太深，也太大，伽马刀被排除了。肿瘤医院做的治疗方案还是开颅。关于开颅的风险，戴医生和苏静聊了很久，运动能力丧失、失忆、失明、嘴歪眼斜、偏瘫、性格大变、智力减退……但如果不开，再拖下去有生命危险。戴医生说，他现在还年轻，身体功能好，恢复力还强，年纪再大一些，怕是挺不过去。苏静哭完之后，同意手术了。

接下来是给赵林作复杂的身体情况检查、评估。苏静作为妻子，签署了所有的相关文件，手术同意书、全麻同意书、输血同意书、治疗方案选择书……手术前一天，赵林被剃成了光头。他冲苏静笑，说，一会儿见！苏静也挤出一个笑容，说，这个发型很适合你。

手术进行了八个多小时。苏静在手术室外坐着等。YC的Hans，WH的吴明、王浚，还有叶小枚，在外面陪着苏静。等到四个小时的时候，苏静突然瘫倒在手术室外面，其他人去搀扶她，护士过来检查了一下，给她打了一针葡萄糖。其他人让她去躺着，她不肯。这时，毕可文在北京的戒毒所里，还要一年才能出来，叶小枚跟他通了电话，答应手术后第一时间告诉他。

赵林是一个礼拜后完全清醒过来的。手术挺成功。他的视力在醒来后三天就恢复了，但他没有听觉，半年后他出院的时候，听觉恢复了一点点。语言能力则始终处于丧失状态，只能靠眨眼睛交流。不过他的运动能力没有受影响，可以自己走路，意识也很清晰。戴医生告诉苏静，恢复说话能力可能需要一两年。

未来赵林的康复需要很多钱，赵家父母在老家小额贷款欠的窟窿也需要补。在和Hans谈了一次以后，苏静准备把YC公司卖给WH集团，以后带赵林回泉州休养。

赵林出院后，苏静把他手术的事情告诉了他父母。赵家父母飞到上海，先见了苏静。周末，苏静把他们约在YC公司的办公室，将赵林的情况跟他们说了一遍。赵家父母号啕大哭。苏静等他们哭完，说，爸爸妈妈，我已经跟赵林结婚了，我不会放弃他的，他的恢复只是个时间问题，你们也放宽心，不要过分忧虑，你们目前保持健康，才是对我最大的帮助。然后一会儿回家见赵林，记得不要显得过分激动，他现在不能受刺激，他还不能说话，也听不太见，但可以写字儿，你们可以用纸笔交流。赵家父母扑通一声跪了下来，说，你一定要救他！苏静吓了一跳，也跟着跪了下来。赵家妈妈说，闺女，你前面受大苦了，你一个人扛多辛苦，我们还不老，你应该早点告诉我们。苏静说，你们离得远，我们怕你们担心。赵家爸爸不说话，一直流眼泪。最后临到三个人起身，他不住地重复着一句“谢谢你”。

赵家父母在上海住到三个月的时候，赵林的情况看起来已经比较稳定了。礼拜四，上海市肿瘤医院脑脊柱外科的戴医生出诊那天，一家人去肿瘤医院复查。复查结果是苏静、赵家父母一起跟戴医生听的。戴医生说，根据复查的结果，赵林未来可能会出现智力减退的情况。赵家妈妈问，这严重吗？戴医生说，这个也很常见。苏静问，为什么会有这种情况出现？戴医生说，严肃点说，我也不知道。肿瘤摘除得很干净，没有积水，也没有复发迹象。我猜测可能是那个脑瘤摘除以后，原先被损害的脑组织无法恢复了。赵家人一片沉默。戴医生补充道，对不起，人类目前的科技水平，对大脑的认识层次还是不够。赵家妈妈挽着苏静开始哭，苏静也哽咽了，她不甘心地问，戴医生，你不是说手术很成功吗？戴医生说，手术是非常成功，但后遗症这个情况是说不准的，术前我们也都交流过，轻点是头晕头痛，重的是复发或者丧失劳动能力，赵林的情况是，智力减退。苏静说，最差的情况是什么呢？戴医生说，他的智力会逐步减退，最后可能会跌落到小朋友的层次。但几岁的小朋友，以及要多久，我也不知道。苏静说，寿命呢？戴医生说，寿命的话，不好说，有长有短，要看后面恢复的情况。赵家人哭成一团。戴医生看着他们，最后忍不住又说，以后如果这个医疗领域出现突破，能恢复也说不定。苏静哭着说，我们要怎么跟他说？戴医生说，你们可以说，也可以不说，但他最后这段时间需要你们照顾了。苏静点点头。

三个人开了半天会，又讨论了一个礼拜，最后决定由苏静把这个事情告诉赵林，赵林听了歪嘴笑笑。苏静说，你笑什么？赵林在纸上写，不是挺好的，你儿子被判给了前夫，我看你一直空落落的，以后你要多一个儿子了。苏静也笑，说，那也挺好，你以后要听话噢。赵林又写，倒霉的是，你要是欺负我，我也不懂了。苏静笑了一半又哭起来。赵林写，趁着还没傻掉，我要把我的故事写完。苏静说，你加油写，没写好不许傻掉。赵林写，好，答应你。苏静跟他击掌，然后忍不住又哭起来。

苏静和赵林准备去泉州住一段时间。赵家父母要回陕西，在机场，苏静一个人来送他们。在候机室，赵家妈妈递给苏静一个信封，说，这个你拿好，一会儿我们走了再拆。有问题随时给我们打电话。苏静在地下车库把车子发动好，拆开信封一看，是一封公证书，公证书的内容是，赵林声明，之后智力丧失，失去行为能力后，苏静有权单方面离婚。赵林、赵林父母都签了字，抄了身份证号码在边上，还按了手印。苏静坐在车里号啕大哭。

毕可文被放出来的时候，叶小枚去北京接他。他头发剃光了，人胖了不少，还黑。他站在太阳底下冲着叶小枚笑，说，叶娘娘，谢谢你来接我。叶小枚说，怎么还胖了？戒毒所的伙食不错嘛！毕可文说，天天被逼着吃，不吃不行。叶小枚笑着说，走吧，我们还是先去吃饭。

两人打车到了北京市区一个饭店。毕可文问，赵林怎么样了？叶小枚说，跟苏静回泉州了。毕可文说，他的病呢？叶小枚说，不好。毕可文说，怎么不好？叶小枚眼圈一红说，智力丧失。毕可文不说话。叶小枚说，赵林托我把100万还给你。毕可文说，我不能要。叶小枚说，你不要傻，你什么都没有了，你没钱你明天住哪儿？毕可文说，大不了我回南京，回家去。叶小枚说，我钱给你，你自己去跟他说。毕可文说，这些钱，都是那时候我们照片作假骗来的，也是报应，所以别的都折光了，倒是只有借给赵林这一笔，算是发挥了一点好作用。这不义之财果然都是留不住的。这钱，以后还是得给赵林看病用。我还能拍照片，我再赚就是。叶小枚点点头，不再说话。两人低头吃饭。

赵林终于还是没能把要给毕可文看的故事写完。他的智力退化得太快。在泉州，一年左右的时间，他变得像一个三岁的小朋友。他自始至终都没有能够恢复语言能力。苏静寸步不离地带着他，出去散步，游走……唯一让她庆幸的是，智力减退的赵林很听话，也很依赖她，能看得出小时候是个乖孩子。苏静去整理他写的东西，发现故事写到跟苏静第一次吃饭的时候断掉了，后来都变成了无意识的呓语、涂鸦……故事之外，他最后留下的是两首诗。那是刚到泉州的时候，苏静带他去承天寺，他回来以后写的。

承天

广场上踮脚跳舞的老年朋友啊
一颗足以黑暗的心脏
像你手里不明温热的生灵
还要吞掉多少东西
才满足呢
辫子从头发从月亮里
长出来
变成细长的哀叫的儿郎
建筑们几乎灼热起来
十万年
榕树的叶子在变小
胡马和阴山似乎又远了
更清晰的城市
石头也不能代替的未来
闪烁着来迟
命运如同你忽然忘了一切来由
鸟飞去了
你被卡在那儿
空虚的浓烟被陆地呼吸殆尽
想象更轻浮的人生
想象吧

更多的夜色，不再有深处

给S.J.

晴天将我
和梧桐树的小儿子们
困在一起
鸟不欺负人了
我不用坐车去城里流浪
只静卧树顶
练习如何忘记自己

人生太漫长
我希望你能吃能睡
不再柔肠百结
最好还能
长点个头儿
如果我对你微笑
你就喝一口酒

我来你的国度
听你说温柔的往事
渐渐地飞行

像一个蓝色人
想要显出魔法和礼貌
却总是令人发笑着
浅淡下去

在空气中摇摇欲坠
希望你
原谅我复杂的呼吸
或许再蹩脚的爱
也是眼泪
这一刻本该有多么渺茫
如果能停留
也是因为经过了你的梦
就不再奢望清醒

毕可文和叶小枚在上海安定下来以后，给苏静来电话，说希望到泉州看望赵林。苏静答应了。秋天了，天气不错，两人也没有什么别的事情，于是打点行装，决定从上海沿着沈海高速一路开过去。叶小枚不会开车，毕可文一个人包办行程。他们走马观花着，第一天晚上将将开到温州，于是决定停车住宿，第二天再走。下了高速，就近把酒店订在了一所大学的招待所。房间开好，收拾停当，是晚上八点多钟。毕可文带着叶小枚出门吃宵夜。

招待所就在这所学校的后门。出来后门就有一大片宵夜的摊子，像上海多年以前的枣阳路。叶小枚到对面超市去买水，毕可文在烧烤摊前面点菜。这里的烧烤摊与上海不同，多数是卖海鲜，摊主用蹩脚的普通话跟毕可文交流，边上的年轻人则都说着他听不懂的方言。年轻人们的发型在毕可文看来都过于复杂了，他皱着眉头打量他们，而在这些摊子边上，甚至还停着两辆超跑。街面上是湿的，大约是白天刚下过雨，不过这会儿已经停了，晚风很凉爽；旁边的棋牌室里还有人大声地喧闹；一个卖粉的摊头上，老板娘正把水泼向路边；足浴房里的女服务员穿着高跟鞋黑丝袜在旁边吃麻辣烫，“吸溜吸溜”的声音传出去很远；一簇一簇的大学男生们围住灯下给手机贴膜的小贩；南中国的夜空中，还有稀疏的星星在闪烁；学校的围墙里面，有枝叶郁郁葱葱不会随季节枯黄的高大乔木……这时，叶小枚已经快走到对面超市门口，不知道是被什么感染了，她突然转过身来，远远地跳着脚朝毕可文挥手，喊道，贾老师，贾老师，再给我加三串鱿鱼须！毕可文比了一个OK的手势，回喊，你也给我加一罐冰啤酒！他回头看背后烧烤摊的花衬衫老板，老板一挥手，靓仔，我听到了。毕可文朝他竖起大拇指，看着热气从他面前狭长的碳炉上腾腾升起。

毕可文喝着冰啤酒，想起大仓的干姜水，他对吃鱿鱼须吃得满嘴是油的叶小枚说，等我们回去上海了，想办法把大仓再开出来吧。叶小枚不以为意地说，好啊好啊。然后继续吃。毕可文看着她笑，自己从烧烤摊那摇摇欲坠的塑料板凳上站起来，掏出屁兜里的手机，给赵林发了一条消息：“喂，老赵，你还在吗？”

尾声

编后记

我是编辑七七。今年初，我收到了一封来自陌生地址的、很特别的电子邮件，是一个不认识的女生发来的。她说，她是我之前作者赵林的妻子。她在信里说，赵林生了脑膜瘤，现在已经做了脑部手术。他的智力在手术后受损，目前退化到只有三岁小朋友的水平。不过，赵林在智力减退之前，留下了一部小说的残章，依照他的吩咐，现将这部小说交由我处置。我收到邮件之后的情绪很复杂，有惊讶，有错愕，但更多的是难受。

我并不了解生活里的赵林。他在我们这里只发表过一篇作品，那篇文章写得轻松好玩，却点中了生活里现实存在的痛点，对贾斯汀这个人物的塑造也相当不错。我个人是很喜欢的，不过发表出来以后，反响一般，后来这个作者就渐渐淡出了，也没有发来过更多作品。我曾发过邮件鼓励他，也跟他在微信里聊过天，希望他可以写更多故事出来。都没有回应。

这篇手稿和那篇作品一样，都是用第一人称写的。但故事到认识苏静的时候就结束了。我看完之后，萌生出帮他把故事续完的念头。

这个故事本身没什么奥妙，就是几个广告公司男男女女之间的情爱，说真的这样的事在上海每天都在发生。不知道是不是与智力减退有关，故事中错别字很多，“的”“地”“得”不分，写作技巧也只是平铺直叙，而且常常生活里的语句，不加修饰就写了出来，这导致了原始文本的可读性比较差。且文中经常有大段大段的，不知从何而起又常常突然结束的内心独白，这对于阅读简直是灾难，而赵林本人的记忆混乱也造成了叙述的事情自相矛盾，前后不符。

但看完之后，我觉得尽管有这么多问题，这些文字还是有发表的价值。因为我觉得他写得很真诚。残酷一点说，真诚和善意并不是叩响文学之门的钥匙。如果这样的话，那好作家就如过江之鲫了——我是觉得赵林的真诚里有一种异乎寻常的生命力与强大。尤其是他面对病痛却始终没有放弃生活。这是有意义的。

赵林是痛苦的，而他痛苦与焦灼的一部分，就来自于他找不到一种合适的方式来表达自己。他在道德底线上腾挪，却始终没有立足之地。我相信一定有跟他一样，处在同样境地的、痛苦的人们。赵林能够写作，某种程度上讲，也是一种幸运。如果他像苏轼在《石钟山记》里写的“渔工水师”那样“虽知而不能言”，不但他内心的痛苦要寂灭，这个故事也会不复存在。

但他写出来了，而我的任务，就是让书稿与有缘人相遇。在整理手稿的过程中，我花费了很多时间和精力。我联系上了“贾老师”毕可文，也见到了叶小枚，我重新向他们了解了赵林的为人，赵林的事迹，我也去泉州见了赵林的太太苏静，在她们的帮助下，补齐了整个故事。同时我也花大力气作了很多润色、调整，想让它保持起码的水准。但我不知道我有没有成功，我希望读者们能够满意。

惊喜来自于在日本的何妮妮，我给她写了邮件，也得到了她的回复。另外她告诉我，她有了赵林的孩子，并给我发来了小家伙的照片。我把这个消息告诉了其他几个人，他们虽然惊讶，但都非常开心。

我在泉州的时候，没有能见到赵林。他身体太差，苏静拒绝了我见他的请求。不过苏静给我看了他从小到大的一些照片，他也是个俊俏、可爱的孩子，不过成年之后的照片，眉宇间总有一股愁苦之意。

只有陈微微没有联系上。毕可文提供了她的微信和电邮，但她始终没有回复我。我发现在手稿里，赵林会把叶小枚跟苏静搞混，也经常把叶小枚的事情安在何妮妮身上，甚至编排同事的风流事迹给毕可文。但在我看来，他从来没有搞错过有关陈微微的一切。

最后，为了让每个人的形象都能够完整一些，我把赵林的手稿从第一人称视角改成了现在的样子，便是你们看到的这个故事——可能它都称不上是一个故事，只是一个青年人的一段生活。这个故事对于赵林已是无足轻重之物。如果你们喜欢这些琐碎的、啰里吧嗦的记述，如果你们能有所感触，那一定是上天愿意给那个可怜人的告慰。

我记得从泉州回上海之前，苏静陪我去了承天寺和开元寺，她说赵林最喜欢这两个地方，经常一待就是一天。开元寺门口是朱熹写的对联："此地古称佛国，满街都是圣人。"后来我一直在想熹圣这句话的意思。他仅仅是在给泉州人戴高帽子吗？泉州从古至今，都不曾是什么天堂，我们触目所及的彼此，明明都是凡夫。抑或佛陀的法轮常转不息，我们这些可悲又可怜的生灵，要么全是圣人，要么全是凡夫？

也许圣人与凡夫之间，只有细细的一念。

外篇

最初发表的短篇小说《上海滩的贾斯汀·比伯》

凌晨一点半，贾老师给我发了个短信：出来聊聊？

好啊。你怎么了？

我特别痛苦。

贾老师就住在附近。长寿路夜总会建筑群后面的某小区。

我放弃了被子里暖洋洋的女朋友，拎着零钱包，像古希腊贤者那样，摸黑去找贾老师。

我们在西康路口的串儿摊坐下，俩大老爷们儿，抱着膝盖，对着凌晨升腾的雾霭，昏暗空旷的街道，决定讨论一下痛苦问题。

贾老师不是一般的中年危机。他才二十七，还没到岁数。

他也不是一般的有钱人，所以他的痛苦也不是那种常见的“我这么有钱为什么我这么痛苦”。

贾老师的胡茬儿刮得很干净，面颊青青的，洁白而略有雀斑。他很瘦，是个真正的南方人。骨骼小，瘦高。不大去健身房，但穿衣服特别好看，给人一种清淡的文艺感。

见了以后，我们用目光交流一番，突然都没有了表达欲，我想贾老师大概就是太孤独了吧，所以只是默默掏出一堆硬币买串，然后默默地吃。

我吃得很快很香。吃完一抬头，发现贾老师就吃了一些蔬菜，肉一串没动，也没有走的意思，只好主动开口。

说说，你为什么难过？

我觉得我丧失了人生目标。

贾老师一句话就把我噎住了。我一下子就觉得自己吃得有点多，还特别困。

人生目标这么大的东西……你不是搞摄影吗？

摄影现在也觉得没什么意思。

那你收入怎么样？摄影不赚钱了？

钱不是问题。

哎呀你有钱啦，那你跟我说说你的生活状态，楼上楼下电灯电话啦？

我现在一个月接一个活儿就能养活自己了，而且只用干半年。

我操，你牛逼。具体能挣多少？说个范围？

贾老师说了一个可怕的数字，这造成了我的沉默。

我点了支烟。

我操你大爷，我现在觉得我也很痛苦。我多忙啊，早上五点起来上厕所，脑子里想了一下工作，就睡不着。然后天没亮老板们就开始在微信群里聊项目，聊管理，聊KPI，聊创业理想；HR在里面猫着看哪个主管不出来回应，或者回应得最慢。连着慢三天，就会被约谈。轻则砍预算，重则劝退。上班路上边开车边电话会议，到了公司就得干活儿，一天忙下来事情都还没个进展呢天已经黑了。我这么忙一个月，才挣你一个星期的钱。现在你把严重缺觉的我叫出来，说你很痛苦？

我觉得你很充实，很有价值啊。贾老师露出微笑，嘴角上翘。贱得像某卫视八点档的男一号。

贾老师很帅。华东女多男少大学本科毕业。贾老师有过一个固定女朋友，那个女生刚好是我一同事。

她跟我分享了无数贾老师的光辉事迹。就叫她妮妮吧。

贾老师表示自己非常爱妮妮。妮妮也非常爱贾老师。

然后妮妮去贾老师家玩，看到贾老师床上睡着另一个漂亮姑娘。

贾老师特别淡定，妮妮愣是没法发火。

贾老师光着屁股站起来说，她下周要结婚了，就说一定要过来跟我睡一个礼拜，要么这个礼拜你先不要来？

那姑娘在床角蒙着头不吭声。

妮妮冲到客厅，贾老师追出去。

妮妮说，我要分手！

贾老师非常莫名，问，为什么？

妮妮语塞。

这事儿过去小半年，妮妮表示，马上五一啦，一起去旅游吧？

贾老师说，啊，不行哎，我要去厦门。

那一起去啊？

不行啊，有个姑娘喜欢我好多年，她在厦门，她邀请我去给她破个处。

……

破好我就回来了，乖，在家等我。

还有一次，是我去找贾老师。

门敲了半天不开。

里面窸窸窣窣了十几分钟，门缝一闪，先冲出来一只猫。

然后里面出来两个姑娘。两个姑娘都不是妮妮，都穿着热裤，青春逼人，胸大无脑。

贾老师坐在床沿上面色潮红，面带微笑，虚弱地说，她们来玩猫。

我操，是吗？

后来我总结了，贾老师是个情场乔布斯，具有情场扭曲力场。

别的男人，比如我，就应该没有女朋友，或者只有一个女朋友，如果胆敢多找，就是劈腿，就是不忠，就是渣男。

但跟贾老师恋爱过以后，他的女朋友就会被洗脑，认为贾老师这样的男子，就应该有很多个女朋友，如果只有一个女朋友，就是暴殄天物，就是浪费资源。

贾老师的前女友们都深深地这么认为，但贾老师怎么认为我不知道。贾老师不大说这个，他只说我很痛苦，或我真的很痛苦。

你要么去买个房吧？

不行啊，我不是上海户口，要买房得结婚。

那你结婚啊！

我之前是想和妮妮结婚的。我跟她说了，她就跟我分手了。

你，你怎么能和妮妮结婚呢？

为什么不能啊，我最爱的就是她。

你跟她结婚了，那露露、芝芝、琳琳、丽丽……怎么办？

她们都有老公和男人的啊。

那妮妮怎么说？怎么就分手了呢？

很奇怪啊，我鼓起勇气跟她说我是认真的，让她好好考虑一下，等我厦门回来我们再聊。厦门回来她就跟我分手。

你去厦门跟别的姑娘睡觉，还指望妮妮嫁你？

我都说清楚的啊，就是帮忙破处啊。小姑娘不想把处女之身留到毕业后，又没有男朋友，人家提出来，我能不帮忙吗？

怎么没有人找我帮这种忙？

你没有我帅啊。

滚。

那你现在有女朋友吗？

有，我刚安顿她睡下。

这就住一起了？

我住在她那里。

那你的房子呢？你那间房租一万五一个月的豪宅呢？

暂时先放一放好了。

这个女朋友能结婚吗？

不知道。人挺好的，不过她上班忙，我不工作的时候就一直闲着，我现在觉得生活没有激情。认真想了想，没有激情就是因为和妮妮的分手太伤，分手以后完全丧失生活目标。

其实我早知道贾老师和妮妮要出事情。妮妮和我一间公司，两年前有一天，我部门的晶晶跑过来说，赵总，我看到何妮妮和陈磊在轻轨站接吻。

不可能！

真的，我亲眼看到的。跟演偶像剧一样，何妮妮已经上了三号线，又被陈磊拉下来，抱在怀里啃。然后陈磊上了车了又自己冲下来，把何妮妮顶在广告牌上啃。啊呀呀，人家创意部的人就是有种。

陈磊喜欢妮妮创意部的人都知道，但妮妮有贾老师啊。我想了又想，没有把这个事儿告诉贾老师。

反正贾老师自己也整天忙着招呼无知少女。我记得那时我刚认识贾老师，他是到办公室接妮妮下班的。妮妮把他介绍给我们。

你好，我是妮妮的男朋友，我姓毕。

说着他递过来一张名片："Justin Bi，Photographer"。

我看着这个名字，半晌不好意思念出来。他腼腆地笑笑，说，叫我老贾，或者贾老师好了。

那会儿贾老师热衷于拍摄少女。他给我看他电脑里的文件夹，里面全是"想用一场盛筵来告别青春"的毕业季少女。有几十个文件夹，一个文件夹一个少女，都没有穿衣服。摆着各种各样的造型，照片的右下角都打着一个淡淡地水印"J.B."。我不懂艺术，但能看出来这些照片拍得非常好，完全不是色情的路子——但还是看得我口干舌燥，抓耳挠腮。

这些姑娘这么漂亮，她们有没有男朋友？

我不知道啊。

你都睡过?

也没有都，有的吧。有的提出要求了，我就配合一下。

偶像。

后来又过了一个月，我部门的舟舟跑过来说，赵总，我要跟你说个八卦!

什么八卦?

上周我在轻轨上遇到了陈磊和何妮妮。我知道何妮妮也住曹杨嘛，我就问陈磊，你也住曹杨吗?陈磊犹豫了一下说，是啊。我问，你住曹杨哪里啊?他说，曹杨三村。我说，啊!我和何妮妮也住在三村，以后过来玩!然后我就走了!这几天早上也巧了，天天在轻轨上遇到他俩，我就不敢再打招呼，才明白，陈磊住个鬼的曹杨!他俩是悄悄在一起了啊!可是何妮妮不是有个大帅哥男朋友吗?她怎么会看上陈磊?啊，创意部的人好厉害!

你给我回去好好干活!

这个事情以后，我和妮妮谈了一次。就是那次，妮妮跟我说了一堆贾老师的大料，革新了我对世间男女关系的看法。

贾老师和妮妮分手后就像老鼠掉进了米缸，感觉手上有多得用不完的姑娘。他之前一次叫我出来是晚上十点多，约在他家楼下咖啡馆。那次他打算弄明白某个姑娘在想什么。

怎么认识的？

豆瓣认识的。找我拍照。

睡了？

拍完睡了一次，然后她第二天居然又来找我，我觉得挺奇怪的。

呃，那你怎么处理的？

怎么处理？就勉强又睡了一次啊。然后就没完了，一直来，还发消息。

遇上甩不掉的了？

是挺麻烦的。今晚又来了，刚才又要睡，睡了一半，我实在睡不下去了，自己走了。她就哭，现在还在我家里哭呢。

呃，需要我去帮你把她赶走吗？

不用了，我就是想去你那里借宿几天。

给我看看照片？

好。

毫无疑问，这个据说是延安西路附近某高校校花的少女非常美艳，哪个角度看都是女神。就这么一姑娘，贾老师用了一半，下楼了。放着我来啊！我顿足捶胸，心如刀绞，像失去了周瑜的诸葛孔明。同一时刻，贾老师眼里真诚的痛苦又让我如梦似幻。

贾老师给我看姑娘发来的每条都有四五百字的短信，翻来覆去的意思再明白不过："贾斯汀，我爱你我非常爱你我嗷嗷爱你，我不想当炮友，我想当你的女朋友，我要跟你建立长期的战略合作伙伴关系。”

贾老师的回答也是妙绝峰巅。一般都只有寥寥数字，总结下来的意思有：“你是我的女朋友了呀。”“为什么不能再和别的女生玩？”“这样不就是女朋友了嘛，还要怎样？”“不懂。”“不明白。”“不知道。”“你怎么了？”“你为什么哭？”

这有什么不懂的？

真的不懂。她为什么呆在我家不走？

你都答应人家做你女朋友了啊。

女朋友有很多啊，也不能待在我家不走吧。

人家觉得你不爱她。

我觉得我是爱的吧。

她要求唯一，排他。

我从不这么要求别人，也接受不了别人这么要求我。

贾老师，你真伟大。

没有啊，我真的这么认为，我觉得两个人的心在一起是最重要的。

那你的心在哪里？

我的心在妮妮那里。

妮妮啊，我觉得不可能了。

为什么？

妮妮不适合你。

那谁适合我？

我觉得啊，这个人很难找。你会变成剩男的。

我自己也这么觉得。

我一直觉得我这样的人才会变成剩男。我工作忙得没有任何空闲；我啤酒肚，一脸坑洼；我经常冲着人发脾气；我失眠；我最近发现自己开始掉头发；我也很久没有晨勃……我符合所有“注意！身体向你发出的十个警告！”之类的文章里列出的所有“白领病”“写字楼病”。如果不是同事怜悯我给我牵线介绍了一个“瞎眼”的姑娘，我根本就应该是单身。我像呵护女王一样呵护着我的女朋友，一有时间就像小狗一样围着她转，内心一直忧虑她不要被贾老师这样的男性给叼走了。

但贾老师现在居然也有变成剩男的可能，这让我觉得内心稍稍平复了一下。大约这也是我们友谊存续的某种基础？

面前的烤串已经冷得结出了白色油脂，我们已干掉了八瓶啤酒。其间我给贾老师建议了十一个新的人生目标：健身；养狗；考研；考公务员；考英文高级口译；去大理；考潜水证书；给他老妈在老家再买一套房；去环游世界；去找到真爱；在摄影之外培育一个新爱好……我们一个个讨论下来，被贾老师一个个否定掉，他说那都是我的人生目标。

最后贾老师还是焦虑地起身走了。并不是他的问题得到了解决，而是因为我必须回去再补一个小时觉。上海的冬天冷而潮湿，这会儿天已下起雨来。贾老师远远过街离去。他太瘦，风一吹那身灰衣服，全身都在飞，像个走在瀑布底下的仙风凛凛的道长。

又过了一段时间，在我昏天黑地的生活间隙，我打开贾老师的朋友圈，发现他风格大变，不再是某个奢侈品牌的广告片了。最新一张图，乃是一片空空黄黄的戈壁，配文是“127，J.B.”。我想起这是我借给他的James Franco的电影。看来他打算环游世界？我打了好几行字，又删，又打，最后叹了一口气，全部删掉，点了个赞。

赞刚点完，我看到妮妮也过来点了一记。又过了十秒钟，妮妮发过来一句话。

那个SB是不是在美国？

是啊。我给他看了《127小时》。那么老的片子他没看过，就去美国寻根了。

那个烂片，还闷，只有你们这种白痴会喜欢。

喂，你恨他不要拉上我。

这个SB前段时间一直约我见面，都是凌晨一两点，说我不出来他就自杀。

那你见他了吗？

没有。我只是推荐他去港汇，来福士人太多，会麻烦别人。

呃。

你说有他这么极品的人吗？太不合理了！我跟他分手后，完全不会谈正常的恋爱了。

什么是正常的恋爱？

就是那种男生如果劈腿我会伤心我如果劈腿男生也会伤心的恋爱。

你倒是概括得挺好。

他实在是个噩梦。

可我觉得他真的苦。

他当然苦。因为他不合理，合理了就不会苦。

贾老师朋友圈从那张“127，J.B.”起变得极为节制，像探险节目发布的线索，有时是他戴着潜水镜在海底，有时是座巨大的冰山，有时是大海中间一只岛，边上仍然都精心打上了小小的“J.B.”的水印。贾老师变身《国家地理》记者的这段时间，我非常思念他，思念西康路凌晨的串串。

这么大约过了又有半年。已是初秋某日，我烦躁不安无法入睡的时刻，贾老师竟再次在凌晨发来信息：出来聊聊？

好啊。你怎么了？（我没有重新打字，而是上翻对话把之前的信息粘了一遍。）

我回上海了。（显示输入中。）

欢迎。

我还是特别痛苦。（后面跟着一个大大的笑脸。）

贱人。

等你噢，老地方。

贾老师剃掉了自己的头发，顶着一个光头坐在寒风中，熠熠生辉。他扭头过来冲我笑，还是比我要帅。

我刚坐下来，他就笑着说，我们一起创业吧！

“啪嗒！”贾老师的声音像是触发了某种装置。

我顿觉天旋地转，那一瞬间我想起了很多东西，马云阿里巴巴大学生就业移动互联网智能手机智能家居人工智能防火长城……我今天晚上又睡不了觉了。

我看着贾老师和他的光头，觉得天又要纷纷扬扬下起雨来。我想把我会的所有脏话都说一遍，念一首陆游的诗或者辛弃疾的词，我记得老子和文天祥是SB，但庄子和王阳明倒还不错，明明才凌晨一点天却竟像是要亮了，这真像是我的青春啊。我看到我拍着桌子站起来对贾老师说，创业有风险投资须谨慎西北望长安可怜无数山。我看到我说，贾老师，我要跟你绝交。

那是我那些年最后一次见贾老师。

多年后，我坐在电脑前看贾斯汀·比伯吐槽大会，哧哧地傻笑。西康路上的一切早已结束，不论贾老师还是妮妮露露芝芝琳琳丽丽晶晶舟舟，不论是生命之光还是欲念之火，罪恶还是灵魂……“一切都在无可挽回地走向庸俗”。最后贾斯汀·比伯出场收尾，黑人们安静下来，清辉打在他光洁的额上……不知道他现在还痛不痛苦？

ONE book

监　　制：韩　寒
策 划 人：戚开源
出版统筹：戚开源　朱华怡
编　　辑：朱华怡　李　婧
特约编辑：金子琪
策划推广：金怡玉玲　纪文超　韩　培
特约发行：王　鑫
特约印制：张春笛
封面设计：雾　室
版式设计：欧阳颖

官方网站：wufazhuce.com
官方微博：@一个App工作室　@一个图书　@亭林镇工作室

图书在版编目（CIP）数据

上海滩的贾斯汀·比伯 / 老王子著. -- 成都：四川文艺出版社，2017.5
ISBN 978-7-5411-4657-2

Ⅰ.①上… Ⅱ.①老… Ⅲ.①长篇小说—中国—当代 Ⅳ.①I247.5

中国版本图书馆CIP数据核字（2017）第092256号

SHANG HAI TAN DE JIA SI TING BI BO

上海滩的贾斯汀·比伯

老王子 作品

责任编辑 程 川 周 轶
装帧设计 雾 室
出版发行 四川文艺出版社（成都市槐树街2号）
网　　址 www.scwys.com
电　　话 028-86259287（发行部） 028-86259303（编辑部）
传　　真 028-86259306
邮购地址 成都市槐树街2号四川文艺出版社邮购部 610031
印　　刷 北京鹏润伟业印刷有限公司
成品尺寸 145mm×210mm　　1/32
印　　张 7.75　　字　　数 140千
版　　次 2017年8月第一版　　印　　次 2017年8月第一次印刷
书　　号 ISBN 978-7-5411-4657-2
定　　价 39.00元